玫瑰朝上 Things You May Find
Hidden in My Ear来自加沙的诗
[巴勒斯坦] 莫萨布·阿布·托哈/著
Mosab Abu Toha 李琬/译

北京联合出版公司
Beijing United Publishing Co.,Ltd.

莫萨布·阿布·托哈的优美、令人过目难忘的诗，召唤我赞美人为了活着本身而抗争的努力。尽管来自加沙那片荒凉的风土，他依然散发出某种光辉，呼应着波兰诗人米沃什和印度诗人卡比尔。这些诗就像从弹坑里长出来的花朵，而阿布·托哈就是一位令人吃惊的、值得赞美的天才。

——玛丽·卡尔（美国诗人、作家）

莫萨布·阿布·托哈是有着惊人天赋的加沙年轻诗人。他雄辩有力的、素朴的抒情诗句，他对生命、连续性、时间、可能性和美的洞察，都令他几乎有预言家的风采。他的诗击碎我的心，又同时让这颗心觉醒。我觉得我此前的人生一直在期待读到这样的作品。

——内奥米·希哈布·奈（阿拉伯裔美国诗人）

莫萨布·阿布·托哈的《你会在我耳内发现的声音》[1]呈现出如此清新的明晰和如此独特的声音，让我们从固化不动的自我意识的海洋中感到触动。用复杂的诗句说出复杂的事物，这并不是什么了不得的技艺，但我们在此看到了一位能够简洁地说出复杂事物的诗人："在加沙，一部分我们甚至没法彻底死去。"还有，"这就是我们活下来的方式。"这很了不起。这是最高级的诗歌。

——卡韦赫·阿克巴尔（伊朗裔美国诗人）

---

[1] 本书英文版书名是"*Things You May Find Hidden in My Ear*"，中文直译为《你会在我耳内发现的声音》。（本书若无特殊说明均为译者注，本条为编者注。）

用玻璃、混凝土和钢筋的碎片来编织诗句，这并不容易。有时我的手会流血。每一次，我的手套都会被烧坏。

目录

巴勒斯坦词典

A

在一个黑暗的晚上从桌上掉落的苹果（apple）。那时，人造的闪电划过厨房、街道和天空，令橱柜咔嗒作响，碗盘纷纷碎裂。

"am"是跟在"我"（I）后面的现在时形态的系动词，尽管我已不再存在，我已被彻底击溃。

B

一本书（book），它并不提及我的语言、我的国家，它包含每一个地方的地图——除了我的出生地，仿佛我是大地母亲的私生子。

边界（borders），就是以灰烬在地图上画出的虚构的线，人们又用子弹把它们缝在地上。

C

加沙是一座这样的城市（city）：许多游客聚在一起，在被损毁的楼房或墓地旁拍照留念。

一个只在我内心存在的国家（country）。它的国旗无法在任何地方自由飘扬——除了在我同胞的棺材（coffin）上面。

D

阿拉伯语里，"dar"这个词的意思是房子。1948年，我的祖父母离开了他们在雅法[1]海滩附近的房子。我父亲跟我说过那儿有一棵树，在前院。

孩子们和他们的父母的梦想（dreams）。他们梦想着在阿尔-米沙尔文化中心（Al-Mishal Cultural Center）听歌、看戏，而以色列在2018

1　雅法在1948年被以色列占领，当年众多定居雅法的巴勒斯坦居民被迫离开。现在它是以色列城市特拉维夫-雅法的一部分。

年8月摧毁了那个地方。我讨厌8月。但仍有戏剧在加沙上演。加沙本身就是戏台。

E

没断电的时候我会使用的电子邮件（email）账户。我能通过电邮闻到国外传来的空气。我最开始是用邮件给我在约旦的姨妈发照片，我们最后一次见面是在2000年。

辨认飞机的类型，已经变得多么容易（easy）：F-16战斗机、直升机还是无人机？也可以辨认子弹的类型：它是来自炮艇、M-16突击步枪、坦克，还是阿帕奇直升机？全凭它们的声响分辨。

F

在学校里认识的、来自家附近的、从童年时代就认识的朋友（friends）。我在加沙的客厅里的书，我笔记本里的诗，它们仍很孤单。我在2014年加沙战争中失去的三个朋友：伊扎特、阿玛尔、伊斯梅尔。伊扎特出生于阿尔及利亚，阿玛尔出生于约旦，伊斯梅尔来自一家农场。我们把他们都埋进了冰冷土地之下。

由于以色列人的炮艇"关心"地中海海域的生物而存活下来的、捕鱼人也还没捕到的那些鱼（fish）。以色列人曾用一连串炮弹在加沙海岸边"捕鱼"，就那样，胡达·哈利娅在2006年6月失去了她的父亲、继母和五个手足。那时我跟随他们的葬礼队列来到墓地。他们衣服上的血还很新鲜。有人在死者身上洒了些香水来掩盖臭味。后来我越来越厌恶香水。

G

你还好吗，莫萨布？我很好（good）。我讨厌这个词。对我来说没有意义。你英语说得真好，莫萨布！谢谢。

当我应要求填写美国J-1[1]申请表时，我的祖国——巴勒斯坦——却不在列表上。但幸运的是，我的性别（gender）还在可选项里。

1　J-1签证是美国政府发给外国人赴美学习、进修或从事研究等工作的签证种类之一。（编者注）

H

如果一架直升机（helicopter）在加沙上空停留，我们很清楚它将会发射火箭弹。它不会在意攻击目标旁边有没有小孩在玩弹子或者在街上踢足球。

我的朋友埃莉斯告诉我，"嘿"（hey）是一句俗语，不应该写出来。"英语老师们看到眼下书面英语的趋势肯定会晕过去。"她说。

I

一栋栋楼房里墙壁上的照片（images），照片上是被以色列狙击手射杀或在上学路上因空袭而死的孩子。孩子的照片被放在学校里她那张课桌上。她的照片盯着黑板，而她的座位上空无一人。

当那些我可能会碰上的事情化为一个个阴郁念头（ideas）进入梦中，当我想到假如不知从何而来的子弹穿透窗玻璃时我恰好在窗边停了几秒——我便会痛苦地醒来。

J

我曾给身在美国的一个朋友发了一张我在加沙的书桌的照片。我想表明我没事。桌子上放着几本书、我的笔记本电脑和一杯草莓汁（juice）。

发送这张照片时，我没有工作（jobless）。加沙大约有47%的人没有工作。但正当我写下这些字句时，我还在试图办一份文学杂志。我还没想好它该叫什么名字。

K

我祖父始终保管着1948年他在雅法的那座房子的钥匙（key）。他以为他们几天之后就会回去。他的名字叫哈桑。那座房子被摧毁了。其他人在它原来所在的地方建起了新房子。1986年哈桑死于加沙。钥匙已经生锈，却仍然留在某处，思念着老旧的木门。

在加沙，你总有不知因何而起的愧疚。仿佛生活在卡夫卡（Kafka）的小说里。

L

我说阿拉伯语和英语，但不知我的命运是用哪种语言（language）写成的。我也不确定，使用哪种语言究竟会不会带来什么区别。

光亮（light）是沉重或黑暗的反面。[1]在加沙，断电的时候，我们就把灯全部打开，即便外面还是非常明亮的白天。这么做，我们就能知道什么时候重新来电了。

M

阿拉伯语里的"Marhaba"表示"你好"或"欢迎"。我们碰见任何人的时候都会说"Marhaba"。它就像温暖的拥抱。然而，当士兵或他们的子弹或炸弹到来时，我们就不会用这个词。这类客人不仅在这里留下粪便，还把我们拥有的一切都抢走了。

以前我爸会在我们上学之前准备一些牛奶

---

1 在英文中，light既表示"光亮"（名词），也表示"轻盈"（形容词）。

（milk），配上面包干。那时我在上小学三年级，我妈在医院里照顾我弟弟。他2016年死了。

N

2014年，大约有2139人丧生，其中579人是儿童，还有大约11100人受伤，13000幢房屋被摧毁。我失去了3个朋友。但数字（numbers）不是重点。甚至连年份也并不是数字。

钉子（nail）是被用来连接两块木板或者把东西挂在墙上的。2009年，以色列人用钉子炸弹袭击了一辆我家附近的救护车。一些人被炸死。我看见邻居家刚刚粉刷过的墙面上留下了许多钉子。

O

雅法以它的橘子（orange）闻名世界。我的祖母卡德拉在1948年的时候想带点橘子离开，但炮火太猛烈，橘子全都掉在了地上。大地吸干了橘汁。我敢肯定尝起来更甜。

在加沙，我们的邻居穆尼尔给我们做了一个陶土烤炉（oven）。当我母亲想烤面包时，我就会往炉子里放点木柴或硬纸板生火。木柴来自那些干枯的植物：胡椒树、茄子秆、玉米秆。

P

一首诗（poem）不仅仅是分行的词。它是一块布料。马哈茂德·达尔维什渴望用世界上所有的词建造他的家宅，他的流放。我用我的血管编织我的诗。我渴望把诗建造得像坚固的家宅一样，但希望不必用我的骨头。

2014年7月23日，一个朋友打电话来告诉我："伊扎特遇害了。"我问，是哪个伊扎特。"伊扎特，你的朋友。"手机从我手中滑落，我开始奔跑，不知道跑向哪里。

你叫什么名字？莫萨布。你从哪里来？巴勒斯坦（Palestine）。你的母语是什么？阿拉伯语，但她病了。你的皮肤是什么颜色？光线太暗，我难以看清。

Q

我们在看一场足球比赛。房间里议论和尖叫此起彼伏。忽然间停电了，一切都寂静（quiet）下来。我们能在黑暗中听见自己的呼吸。

古德斯（Al-Quds）是指称"耶路撒冷"的阿拉伯语词。我从没去过古德斯。它距离加沙60英里远。住在5000英里之外的人可以到那座城市去生活，而我根本无法到访。

R

我出生在11月。母亲告诉我，生我之前，她和我父亲正在沙滩上散步。狂风乍起，天降大雨（rain）。母亲感到一阵疼痛，一小时后我就出生了。我喜欢雨和海，它们是我来到这个可怕世界之前听见的最后两种事物。

S

我喜欢去沙滩，看太阳沉入大海（sea）。她即将去更美好的地方闪耀，我心里想。

我儿子名叫亚赞。他在2015年出生，也就是2014年战争之后的一年。这就是我们记录时间的方式。有一天我们看到一大团（swarm）云朵。他大喊道："爸爸，有炸弹。小心！"他觉得那些云是炸弹的烟雾。就连大自然也会让我们感到困惑。

T

夏天，我喝薄荷茶（tea）。冬天，我会加点晒干的鼠尾草。无论什么人到家里来，哪怕是一个敲门问我今天星期几或今天几号的邻居，我也会请他们喝茶。请人喝茶就仿佛说"你好"，Marhaba。

他们曾说，明天（tomorrow）巴勒斯坦就自由了。明天何时到来？何为自由？自由能持续多久？

U

那天没下雨，但我还是带了伞（umbrella）。

一架F-16战斗机从城市上空飞过时，我打开雨伞来躲避。孩子们觉得我是个滑稽小丑。

2014年8月，以色列轰炸了我所在大学（university）的行政楼。英语系变成一片废墟。我的毕业典礼也被迫推迟。空袭死者的家人们参加了典礼，他们领到的不是一个学位，而是他们孩子的一张照片。

V

当我们从剑桥市搬到锡拉丘兹，我从搬家公司货车（van）车窗向外看去。美国是个多么巨大的国家啊，我想。为什么犹太复国主义者要占领巴勒斯坦、建立定居点、在加沙和约旦河西岸杀戮我们呢？为什么他们不来美国生活？为什么我们无法来美国生活和工作？我的朋友听见了我的想法。他老家在爱尔兰。我们都很喜欢利物浦这支球队。

在加沙，你会看到一个男人把玫瑰种在没有爆炸过的弹壳里，把它当作花瓶（vase）。

W

有一天，我们在家里睡觉。早上6点，一枚炸弹落在附近，仿佛叫醒（wake）我们早早起床上学的闹钟。

2014年8月，在以色列发动袭击51天后，我再次回到房间，那里又多了一些在我离家时没有的窗户（windows）——一些无法再关上的窗户。对我们来说，冬天更加冰冷刺骨。

X

2009年1月受伤的时候，我十六岁。我被送进医院，第一次做了X光检查。我体内有两块弹片。一块在脖子里，一块在额头里。七个月后，我第一次接受了移除两块弹片的手术。那时我还是个孩子。

过圣诞节时，我的一个朋友给孩子们送了一架木琴（xylophone），它有一排木头做的琴键。那些木块有不同的长度和颜色——红色、黄色、绿色、蓝色、紫色和白色。孩子们给待在加沙的祖父母展示了这架琴，孩子们笑的时候，祖父母的眼睛投出闪亮、快乐的目光。

Y

雅法（Yaffa）是我女儿的名字。她说话时我把耳朵贴近她的嘴巴，我听见了雅法的海，浪花拍打着海岸。我凝视着她的眼睛，看见我祖父母的脚印仍留在沙滩上。

你（You）怎么离开加沙的？你还打算回去吗？你应该留在美国。你不该再考虑回加沙了。人们这样对我说。

Z

当我上小学五年级时，我们的科学老师想让我们去动物园（zoo）看动物，听它们的声音，观察它们怎么走路、睡觉。等我到那儿的时候，它们都非常厌倦，只是背对着我。它们生活在笼中，在一个像囚笼一般的地方。

我们在大部分专有名词前面都用零冠词（zero

article）。我自己的名字和我国家的名字前面都有一个额外的零冠词，就像你打海外电话的时候要多加一个零一样。但我们被拽进了海底，你明白我的意思吗？

把童年留在身后

离开时，我把童年留在了抽屉
和厨房餐桌。我把玩具小马
留在塑料袋里。
我根本没回头看一眼钟就走了。
我忘了那是中午还是傍晚。

我们的马独自度过黑夜，
没有水，没有晚餐粮食。
它一定在想，我们只是暂时离开
去给迟到的客人做饭，或者
给我妹妹的十岁生日做个蛋糕。

我和妹妹一起走在没有尽头的路上。
我们唱了生日歌。

战斗机在高空回响。

疲惫的父母走在后面，
父亲紧紧攥着放在胸口的
我们的房屋和马厩的钥匙。

我们抵达救助站。
有关空袭的新闻在广播里大声播放。
我憎恨死亡，但也憎恨生命，
当我们不得不走向漫长的死亡，
一边还默诵着永无止尽的颂歌。

何以为家?

何以为家:

是我上学路上的树荫,在那些树被连根拔起之前;

是我祖父母挂在墙上的黑白结婚照,在屋墙倒塌
     之前;

是冬夜里许多蚂蚁会睡在上面的、我叔叔的礼拜毯,
     在它被夺走、被放进博物馆之前;

是我母亲曾用来烤面包和鸡肉的炉子,在炮弹把我
     们家炸成灰烬之前;

是我在那儿看足球赛、在那儿休憩的咖啡馆——

我的孩子打断了我:只有四个字母的词[1],难道能承
     载这一切吗?

---

1 指"家"(home)这个词。

我的祖父是恐怖分子

我的祖父是恐怖分子——

他打理他的田地，

给院子里的玫瑰浇水，

和祖母一起在金黄的沙滩上

抽烟，平躺在那儿，

像一块礼拜毯。

我的祖父是恐怖分子——

他摘下橘子和柠檬，

和他的兄弟们钓鱼直到正午，

在带他的花马去看兽医的路上

唱一首安抚它的歌。

我的祖父是恐怖分子——

他会沏一杯加奶的茶，

坐在他青翠的草地上，如丝缎般光滑的草地。

我的祖父是恐怖分子——

他离开了自己的家屋，把它留给即将到来的客人，

还在他最好的那张桌子上留了点水，

免得这些客人在完成征服后死于干渴。

我的祖父是恐怖分子——

他步行到离他最近的安全城市，

那里空寂如阴沉的天空，

荒芜如被弃的帐篷，

黑暗如无星的夜晚。

我的祖父是恐怖分子——

我的祖父是个男人，

一个人养活十个人，

他的奢侈品就是一顶帐篷，

锈蚀的帐杆上挂着一面蓝色的联合国旗，

在沙滩上，靠近墓地。

无星的夜晚

在一个无星的夜晚，

我辗转难眠。

大地摇晃，我从床上

掉了下来。

我望向窗外。隔壁家的房子

已经不再

挺立。它像一块旧地毯

躺卧在地球表面，

被导弹——那些从没有腿的脚上

甩落的肥大拖鞋——蹂躏。

我从没想到，那时邻居还保存着那台小电视，

那幅老画还挂在他们家墙上，

他们的猫已经生了小猫。

巴勒斯坦画家

两只鸟

离开了它们的巢，

唱着一首歌，也许

歌唱是为了那个

在从前被收拾得很好的旧花园里

工作着的画家。

他在画一座新房子，

甚至一座新的花园。

没有弹片，

没有扭曲的金属栏杆，

没有碎裂的砖块和松动的电线。

但接着我看到他迟疑了，

他看着那个躺在碎石堆里

失去了脑袋的洋娃娃。

我在想，他会不会把这个娃娃画进来，

作为新房子和这个复原了的花园的一部分。

它可能会破坏

画作的和谐。

它可能会让外国访客

感到不安。

我的祖父和家

1

我的祖父先是扳着手指计算回家的日子
后来用石块计算
但石块也不够
他就用云朵、鸟儿和人群

缺席变得过于长久
三十六年，直到他死去
对我们来说已经是七十多年

后来祖父丧失了记忆
他忘记了数字和他认识的人
也忘了老家

2

我希望那时我和你待在一起，爷爷

我会自己学会写诗，给你写

一厚沓的诗，给你画出我们的家

我会用泥土为你缝制一件衣服

上面装点着植物

和你种下的树

我会用橘子

为你制作香水

用雨水制作一块肥皂，那天空幸福的眼泪

我无法想象比它更纯洁的东西

3

我每天都去墓地

我怎么也找不到你的墓

他们确定真的把你埋葬了吗

或者你已经变成一棵树

也许你已和一只鸟一起飞进虚空

4

我把你的照片放在陶罐里
每个星期一和星期四的日落时分我都给它浇水
我听人说，以前你总在一周中这两天斋戒
斋月里我每天都给它浇水
浇三十天
有时多几天或者少几天

5

你希望我们的家有多宽敞呢
我可以继续写诗，直到你满意为止
只要你喜欢，我还能占有一两颗邻近的星球

6

我不会给这个家划定界限
一个标点符号也没有

巴勒斯坦街道

我城市的街道没有名字。
如果狙击手或无人机杀死一个巴勒斯坦人，
我们就会用那人的名字命名一条街。

孩子们学习数字最快的时候
就是他们计算有多少家宅和学校
遭到摧毁时，就是计算有多少母亲和父亲
受伤或坐牢时。

巴勒斯坦成年人用身份证的唯一目的
就是不要忘记
他们自己是谁。

在战时：你和屋子

你战斗。你
死去。
你永远不知道谁胜利，谁失败，
甚至不知道战争会不会终结。

他们没给你找个安葬地。
他们把你扛在肩上，
在附近慢慢游逛，
在你小时候的学校旁边停下，
在那个老公园停下。

那些屋子从没见过你。
他们已经收拾好行李。
灰尘在角落里积聚成帐篷。

铁锈穿着破衣服降落在水龙头

和勺子表面。

水把锈迹冲刷得更为光滑，

而你，

你睡在滚动的流沙上。

寻找新出口

窗帘，

因恐惧而沉重，

并未拉开。

断电很频繁，

经常会有人

把电闸拉下来。

我们没有电。[1]

窒闷的空气

试图流动却待在原地。

---

1 原句为"We are powerless."，也可以理解为"我们是乏
力的"。

书名   作者

我的评分   阅读日期

★ ★ ★ ★ ★

最爱金句

我的书评

U N R E A D

画下本书封面吧!

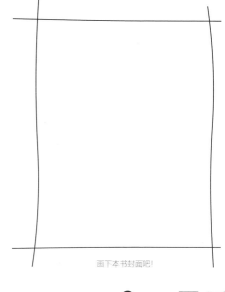

from 未 A DR 誌 ^注 → to 已读 99+

使用说明:
沿虚线裁开本卡片, 即可获得1张读书笔记小
填写并收集本卡片, 在小红书发笔记可兑换
独家文创。 卡片数量越多, 文创越是重磅。

注「未读」, 未读之书, 未经之旅。 一个不
平庸, 富有探索与创新精神的综合文化品
为读者提供有趣、 实用、 涨知识的新鲜阅读

本活动最终解释权归「未读」所有

没有一点光亮

能让我看清

我祖国的边界：

我的并不存在的祖国。

我无法在我的"加沙词典"里

找到适当的词，

也无法在《美国传统英语词典》里找到。

我无法从我的想象里

找到任何能够

填补空隙的词。

被来自东方和西方的龙卷风

卷走的一切

一次次撞击着我们的剧院：

这么多的葬礼。

忽然空气

激荡，

发出吹哨般的声响。

我精神振奋——不再悲伤，

寻找新的出口。

没有掌声。

戏剧从未终止。

在我抵达之前

观众就已经离场。

飞翔的诗

像一个女人
把衣服挂在晾衣绳上，
我把我的词语
挂在我的纸页上。

沉重的、受到惊吓的词，
在我的房间里散布着恐惧。
在阅读者眼睛的太阳
照耀下，
这些词就会皱缩。

我的词
会脱水。

第二天，
我的哥哥，因为厌烦了
看这些晕厥的字母，
便把诗集
丢进了抽屉。

太阳从眼皮后面
沉落。

抽屉里的词语
被闷热空气笼罩，大汗淋漓。

我的小侄女闻到了它们。
她打开抽屉。
词语飞了出来。
诗重获自由。
它降落在候鸟的巢穴里。
鸟群向路过的云朵唱出诗句。

无声地抽泣

我希望我醒来以后发现一整天都有电。

我希望我能再次听见鸟的歌唱，而不是枪击和无人
　　机的嗡鸣。

我希望我的桌子能敦促我拿起笔再次写作，

或者至少坚持读完一部长篇小说，修改一首诗，或
　　者读完一个剧本。

我周围一无所有

除了寂静的墙

除了无声地

抽泣着的人们。

发现

我们没事，尽管我们感觉不好。

加沙也挺好，尽管没有任何方面能让她感觉很好。

在加沙，阳光灿烂，月亮撩拨着橘树的叶子。

然而，加沙人两手空空地往返：

没什么好消息带给他们的孩子，

没有糖果甜一甜他们苍白的嘴巴，

也没有可以让人在晚上读书的光线。

剧烈运动

在加沙，

呼吸是一项任务，

一个人微笑就是

在自己的脸上

表演整容术，

而在早上起床，

努力活着度过

接下来的一天，就意味着

从死者中回到人间。

奥林匹克跳房子

我们在斋月的炎热夜晚
坐着喝茶。
男孩们玩着捉迷藏。
女孩们在周围跳房子。
母亲们闲聊、欢笑。

从我的家人和朋友头顶
飞过的无人机的嗡嗡声
打断了游戏、聊天和笑声。

导弹失误了，
只是落在附近的农田里。
弹片切断了电线，
灰尘扑进茶水，

像拿铁表面的泡沫。

更多导弹飞了过来，
目标是任何仍在动弹的活物。

天使们带走了我那还是婴儿的侄女。
我们四处寻觅，只找到了
她的奶瓶。

在出生前死去

天空的面孔露出苍白微笑。

夜莺离开潮湿的土地

开始新的一天，希望寻找可以吃的种子。

一滴冷水从鸟嘴滴落，

落在一只懒洋洋的蜗牛身上。

万事万物都在运动：

空气，树枝。

一颗苹果坠落。

一架无人机的响声

粗暴地闯入。

它停了下来，

甚至不让我们独处这几秒，

它拒绝去听音乐
或鸟群的鸣叫。

人们死去。
另一些人出生。
对我们来说，
当我们仍待在母亲子宫里的时候
就已经开始害怕
在出生前死去了。

碎石工资

为什么一架战斗机

在轰炸一座房子之后

不继续投点碎石头，好提高飞行员的工资呢？

在天平上，石头和钢筋

都比灵魂更重。

冷汗

浑身被汗水浸透。

我能透过天花板的弹孔

看见星星。

我用手捋了捋头发。

湿掉的长裤

贴在双腿上。

我听见一个声响。

我环顾四周。

房间里再没有第二个人。

我感觉不到自己的身体。

我看了看镜子。

原来是我颤抖的牙齿在咯咯作响。

泪水

泪水从我沉默的脸颊滑落。
我感到尴尬。我不想打扰
我的脸，或者我身体的任何部分。

我周围的一切都静止不动，
没有被风或我的呼吸扰动。
一切事物都为这一刻停止。就连我们的橄榄树
也在它看见炮弹掉落时弯下腰来。这棵树的鬈发

触碰着沙子。它的许多双绿眼睛
被玻璃碴刺穿，
我们客厅、厨房和卧室的玻璃，
我父亲的藏书室，那儿有一对

麻雀在天花板角落筑巢。我们被毁的房子的灰尘
仍然在缓缓落向
邻居的树和屋顶。而那些碎石块
和金属栏杆是沉重的，它们

已经迅疾坠落，撞向粗粝、烧焦的大地。
现在，天空把泪水洒在我们所有人身上，灰尘
落在变形的石块上，像是躺进一个临时坟墓，
直到风把它再次吹到一个更安全的地方，

也许会跨过国界，落进那边一些贵人的厢型车里，
离去，而且永不回来。

废弃之船，做梦

我是一艘废弃的船，

独自待在

海滩。

海浪靠近，

试着接近我，

仿佛要摸摸我的手，

告诉我，我很安全——

至少目前如此。

海鸥在头顶飞翔，

投下一个个属于阴影和欢乐的

短暂瞬间。

在没有月亮的夜晚
天很快就黑下来了。

***

我发现自己
漂浮
在海面。

一扇水做的门
在下方打开，
我旋转着，跟随涡流
来到一个我从未体验过的
国度。

我感到安全。
永恒的安全。

"安息吧，"
我听到父亲这么说，
"你会去往一个更好的所在。"

墙与钟

墙上一直挂着那面钟。

每次我走进自己的房间，都感到

好奇，想把它取下来，看看

钟的背面有什么。

我想看看它到底有多老。

我还小的时候，父亲买下了它。

我想数一数它的牙齿

好辨别它的年龄。

但钟不会变老。

数字毫无变化。

只有我在变化。

房间里还有那把摇椅，

我就坐在上面，屋里

只有我一个人，前后摇晃着，

什么也不做，

只是想象墙在对钟大喊：

"别再嘀嗒嘀嗒了！你让我耳朵难受。"

我看了看墙漆的裂缝。

不只是钟的声音在磨损墙面。

无论我何时走进房间，

弹孔都盯住我。

（在那次袭击中，钟没有受伤。）

我赶快把钟里面的电池取出来。

我低声对它说：

我会带你去看医生，

虽然需要看医生的不只是你。

墙漆不再脱落。

我把钟带到钟表匠那里，

请他给它消音。

他把钟的声带拿掉，

把它的嘴巴缝好。

我没有看见牙齿，

也没有询问医生。

到家后，我又把电池放回去。

钟走得很静。

它让房间的寂静增殖。

我再一次坐回摇椅，大声朗读一首首诗，

切断从天花板悬垂下来的

寂静的线。

一阵寒冷的夜风穿过墙壁的孔洞渗进来。

我撕下几张刚刚读完的书页，

把它们塞进那些小小的、不成形状又无法关上的

　　窗洞。

第二天我上班迟到了两小时。

在接受"治疗"后，钟走得不对。

假如它能说话，

就会事先让我保持警惕。

当我试图校准时间，

"4"这个数字从钟面脱落。

仿佛一颗门牙掉了下来。

四天之后，

我弟弟胡迪法

离开了人间。

从那以后，我的城市

套索在这座城市的脖子上收紧。

掠夺者洗劫这城市，

把它的衣服和珠宝都卖给海中妖魔。

树木光秃秃的，低垂着头，黄叶被风吹落，

仍然试图遮掩房屋的隐私部位：

为新婚的妻子和丈夫准备的

盛满热水的浴缸。

货摊上，他们在售卖我祖母年轻时的一张相片。

他们不知道她更老一点的时候就开始抽烟。

我多么希望我带了烟，能把它放在相框旁边。

曾有一次我试着抽烟。

结果烧到了一根手指，后来再也没尝试。

我祖母的拐杖倚靠着积满灰尘的墙壁，
就在我父亲小时候用过的书包旁边。

两个男人匆忙抓起堆在桌子下面的书，
按摊主第一次说出的价格将它们买下。
他们的手把这些书扔进附近的大海。
词语的眼睛因咸水而泛红，
地图喝下了太多海水，
水溢满了那些湖泊与河流，渗出书页。

这座城市空无一物，除了一个个凹坑。
我唯一的选择就是踏上一条崭新的、无人走过的路。

在加沙，一部分我们甚至没法彻底死去。

每当炸弹袭击，每当弹片击中我们的坟墓，

每当碎石落在我们头上，

我们就会从暂时的死亡中苏醒一会儿。

一切都被加沙的套索束缚。

剩余的我在哪里？碎裂成一块块。

如果一阵石头雨还不够，那一整片石头天空应该可以。

空气中仍然萦绕着咖啡的香气。但厨房去了哪里？

我本想给我们的客人沏茶，但一个从波洛克（英国萨默塞特郡的一个地区。）来的家伙煞了风景。

期中考试

当一架无人机在你上学的路上跟着你，它可能
在做这些事：

a. 它在保护你的行踪，让你不至于被汽车撞；

b. 它在确保你不会半途弄丢零花钱；

c. 它在计算你的步数，以确保你每天都
   得到了锻炼；或者

d. 它在遮挡你的脑袋，以防F-16战斗机
   不小心朝你扔炸弹。

贝壳里装满浪花拍打沙滩的声音，

我们的双脚在沙上奔跑，

一起奔跑的还有我们从祖父那里听来的故事。

没地方装无人机的响声了。

当有人在船身上涂写时，船希望自己就是一张纸，
准备被人放进信封寄到某处。
当一个小孩用小瓶子装满海水把它带回家时，
船感到嫉妒，希望自己也能被装进瓶子，
永远离开沙漠。

即便经历所有这些事，草莓也从未
停止生长。

我们爱我们所拥有之物

我们爱我们所拥有之物，无论它多么稀少，

因为如果我们不爱，一切都会消失。如果我们不爱，

我们自己就不再存在，因为不爱就意味着我们一无

　　所有。

现在我们拥有的是我们仍在持续

建造的东西。那是我们还无法看见的东西，

因为我们自己

就是它的一部分。

不久后的某天，这幢高大建筑会独自耸立，而我们，

我们会成为保护它的树丛，让它免受狂风

侵袭，我们会为室内玩耍的孩子

和荡秋千的孩子提供树荫。

为"同一片土地"祷告

——仿奥黛丽·洛德[1]

对于住在另一边的人，

我们能看见你们，我们能看见雨水

倾倒在你们（我们）的田野上，你们（我们）的峡

　　谷里，

我们能看见雨水滑过你们那些更"现代"的屋顶

（建造在我们的房屋之上）。

你们能不能取下墨镜，看看这边的我们，

看雨水怎样灌满了我们的街道，

在孩子们上学路上，他们的雨伞

怎样被尖锐的暴雨刺穿？

1　奥黛丽·洛德（1934—1992），美国作家，黑人，女权
　　主义者。

你们看见的那些树是用我们的泪水浇灌的。

它们不结果子。

玫瑰的红色来自我们的鲜血。

它们散发死亡的气味。

把我们和你们分开的那条河

只是你们在驱逐我们的时候创造的一个幻景。

这是同一片土地！

对于站在另一边

射杀我们，朝我们身上吐痰的人，

你们还能在仇恨的防卫之下支撑多久？

你们是不是打算继续戴着墨镜

直到永远无法摘下它们？

很快，你们就不会看见这里的我们了。

那时你们是否眨眼，你们能否站立

都已经无所谓了。

你们无法跨过那条河

去掠夺更多土地，

因为你们会在你们的幻景里消失。

你们没法在我们的坟墓上建立一座新的殖民地。

当我们死去，

我们的骨头还会继续生长，

与橄榄树和橘树的根须

相互连接、纠缠，沐浴雅法的甜蜜海水。

有一天，当你们已经不复存在，我们会重生。

因为这片土地认识我们。她是我们的母亲。

当我们死去，我们只是休憩在她的子宫里，

直到黑暗完全散去。

对于那些已经离开这里的人，

我们永远都在这里。

我们一直都在诉说，但你们

从不愿意聆听。

我们值得更好的死

我们值得更好的死。

我们的身躯被损毁、扭曲，

被子弹和炮弹碎片装饰。

我们的名字在广播和电视上

被人念错。

我们的照片，贴在一栋栋大楼的墙壁上，

褪色、变白。

我们墓碑上的铭文消失了，

被鸟与爬行动物的粪便掩盖。

没人给我们墓前的小树

浇水。

刺眼的太阳已经完全覆盖了

我们渐渐腐烂的身体。

战时的一日三餐

在过去那些战争发生时，我们的邻居会和我们一起
　　在地下室吃饭。我哥哥会用那个旧火盆生火，
　　我会烧茶，把水壶放在燃烧的煤块上。

每隔几天就会休战。这时父亲就可以出门看看笼子
　　里的母鸡和鸭子。母亲会顺着梯子爬上屋顶，
　　给麻雀和鸽子的碗里加点水。

男人们会被关进监狱和集中营。他们会在那儿看
　　到那些打仗的人，那些杀害他们以及他们家人
　　的人。

如今，我们却看不见是谁夺走了我们生活里的一切
　　美丽事物。哪怕在白天，我们也看不见自己的

影子。F-16战斗机吞没了太阳的光线，把它们肥胖的肚子的阴影投在我们——我们这些死人或活人身上。

炸弹撞向房屋，把它们击倒，把冰箱和盘子炸成碎片。然后房屋变成一摊混凝土和血的混合物。

我们不再和邻居们一起吃饭。

我们和他们

我想把我的房子建造在秋千上。

我不想走在土地上。

我跟他们讲述了那些被炮弹炸掉的房子，

还有那些

被切碎成

一小块

一小块的

身体，

喧嚣的天空以及

不断晃动的地面。

他们

却跟我讲述他们担心那些

他们已经好几个小时没有浇水的小花，
他们担心笼中一只生病的金丝雀，
还有他们今晚不得不错过的电视节目。

他们的耳朵受不了警笛的刺耳叫声，
但我们听爆炸声已经听得麻木、聩聋。

他们在回家路上因为恐惧而肌肉紧张，
然而我们的家宅早已被滚烫的弹片刺穿。

水的沉默

父亲在键盘上打字

母亲在大声朗读晨报

朗读声盖住邻居家的广播声

微风从开裂的窗户吹进来让吊灯轻轻摇晃

小飞虫

有时候

会失去平衡

墙壁上的黑白照片寻找着色彩

炉子上

放着

热水壶

一个巨大的雨点砸向屋顶

没有闪电、雷鸣和乌云

雨唯独落在这座房子上

灰尘和混凝土

堵住了其他房屋的鼻孔

炉子上

烧着

水

却再也烧不开

因为弹片已经割断了它的喉咙。

在加沙的海岸

我告诉自己，椰枣树从不会弯腰，
它的果子也不会腐烂。
我想象着天空中只有群鸟
和蓬松的大团云朵。
我独自走在沙滩上，永不害怕
被寒冷、寂静的海浪浸湿。

假如你发现我睡着了，那我一定是
要么梦见了玫瑰和鸽子，要么只是盯着
我头顶的虚空。
我会穿上我的玫瑰粉色西装走向港口，
即便我知道根本没有船会来。
我期盼的是你能拍动不知疲倦的翅膀
向我飞来。

我会搜集贝壳和卵石，在沙滩上

为我们建造一座房子，等你到来。

你不知道在你来之前

我已经建造过多少房子。

也许到那天，我已经重建了整个加沙。

弹片寻找笑声

炸弹袭击了这座房子。所有人都死了：
孩子，父母，玩具，电视上的演员，
小说里的人物，诗集里的种种人格，
"我""他"还有"她"。没有任何代词幸存。即便是
为了明年在孩子们学句子结构的时候
举个例子。炮弹在黑暗中飞行，
寻找着藏在倒塌的墙壁
和流血的相框背后的
这个家庭的欢笑。收音机
不再播放。电池耗尽了，
天线折断了。
甚至播音员也在收音机摔坏时
感觉到了痛苦。就连我们，听到炮弹
落下来的时候，我们也

倒在了地上，

我们每个人都在数周围人的数量。

我们是安全的，但心

依然被刺痛。

来自地下的声音

我想让自己淹没在缺席的寂静里，

口袋里装满诗歌，

然后跳进迟缓的河流。

一个遥远的声音召唤我

用稻草和泥土建造一个房间，

在夜里升起黑旗，

为飞过房间的猫头鹰弹钢琴。

下方传来一个噪音，震动我的书桌——

墨水洒在我疲倦的裤子上。

它敲打着我的手指，扼制我的呼吸。它要求我

停止书写沉重的诗，

那些包含炸弹、尸体、被毁的房屋和落满弹片的街

道的诗，

以免这些词磕磕绊绊地滑入血淋淋的坑穴。

那个噪音取代了我的噪音。

它揉皱我的诗页，把它们从我的脑海中

撕碎。鲜血浸满了我的卷发。

我的书桌变成了暗红。

尖叫声填满了墙壁的缝隙

和众多无名道路上的坑穴。

七根手指

无论她什么时候见到不认识的人，她都会

把她的小手放进牛仔裤口袋，

她的手动来动去

仿佛在数

一些硬币。（她在战争中

失去了七根手指。）然后她

走开，

弓着腰，

像小矮人一样矮小。

灰飞烟灭

就算土地荒芜，也不代表
它以前从未滋养过树木。
假如花朵并不开放，春天
也会照样来临。
我们的房子和柏树一样高大。
我们的街灯都用橄榄油点燃。
我们的房子不再伫立：

　　随火药
灰飞烟灭，

　　随着死亡的风
而消失，埋入
温暖土地的深处。

孩子们的脚步，从祖母茶杯里
升腾的热气，祖父手中卷烟的
烟雾，全都飞入黑色云层，不再
反顾。
前方的声响拉紧它们的脖子。

你可以问太阳。

她看见了一切。

她希望她能阻止，

阻止戏台上这些演员。

但她的脖子已被绳索系紧。

还有那些恶棍，
他们在戏剧结束后
也依然扮演原来的角色。
还有我，我一无所有。
我只是写下我能听见的

那个声响的回音，
而我的脖子时不时地伸向
我们远处的房子，
希望能看见它们的种子
破土发芽。

巴勒斯坦十四行

——仿旺达·科尔曼[1]

那些被压抑的词语充满我的内心，

当我逃往迷宫，我交出了记忆。

我看见，每次我想要探索时

路牌都在指引我撤退。

我每天都踏入迷宫，关闭耳朵

但那些被窒息的耳语发出尖叫，

让我的影子瘫痪。

一个个字母从我口中滑出，

落入一条冰河，

打碎正在消融的

云层水汽的倒影。

---

1 旺达·科尔曼（1946—2013），美国诗人。

冷雨的战栗的牙齿

淹没了我抽搐着的沉默。

试图在迷宫里行走的人并不是我。

我那皱缩的脐带仍努力把我拉向

我生病的母亲的床榻，

在它被人切断而无物可以牵系之前。

易卜拉欣·阿布·卢戈德和雅法的兄弟

两人朝沙滩走去，
光着脚。

易卜拉欣
伸出他柔软的
食指，
开始勾画
一张展示
他们往日家宅的
地图。

"不，易卜拉欣，厨房
在更北边一点。

哦，别跑到那边去，

爸爸在那边沙发上睡觉。"

游客小孩在旁边奔跑，

放风筝。

海浪拍打

沙滩，

上空阴云笼罩。

山顶的清真寺

正在

召唤信徒礼拜。

易卜拉欣和他的兄弟

还在争辩着他们的厨房到底在哪儿。

他们都坐在沙上。易卜拉欣

掏出一个打火机，渴望能在自家厨房里

为沙滩上的每个人沏茶。

易卜拉欣抬头看了看，那儿本该有他们厨房的窗户。

薄荷已不再生长。

沙漠与流亡

——为《阳光下的人们》[1] 而作

什么在夜里更阔大，是沙漠还是黑暗？

什么在沙上更沉重，是你们的双脚还是恐惧？

为什么你们不敲空铁罐？

难道睡眠的粗绳捆紧了你们的嘴？

我能听见流沙上车轮驶过的声响

和寂静之心的抽动。

司机丢失了地图，把你们带到

将会成为你们葬身之处的

那片土地。

---

1 《阳光下的人们》是巴勒斯坦作家格桑·卡纳法尼（1936—
1972）的小说，讲述三个巴勒斯坦人乘坐盛水车越界去
科威特，最后却被闷死在铁罐内。小说寓意着巴勒斯坦
人民不该消极地逃避苦难，而应该积极地改变现实。

但你们分享过的所有祷文和轶事

都会被流亡的沙漠幻象听见，

被那些死骆驼和死马的骨头听见，

而它们曾经的骑手已被埋在消失无踪的小径之下。

致马哈茂德·达尔维什

他眼睛紧闭，眼镜在床头柜上。
钢笔和纸放在他的绣花枕头下面，
等待缪斯的召唤。

他告诉我，他曾看见自己漂浮在一朵白云之上，
光在他上方和下方闪烁。
他不用戴眼镜也能读出月亮下面那遥远的标牌。

我问他为什么要踏上如此漫长的旅程。
他说："为了几小时后就回来。"

他问："你知道我为了什么而生？"
"为了活过这些岁月然后死去。"

他登上阿卡古城的卡尔迈勒山，又走回我们放在沙
　　滩上的桌子。

"我登上山顶，只是为了回到这张桌子旁边。"

他抿了一口咖啡，看着镜子里的自己。
"我不喜欢看到电视里的自己。"
"这根本就是自恋。"一个朋友耳语道。
"你就是个混蛋！"马哈茂德大喊。

"我不怕死亡。我已经准备好了，但我也并不想等
　　待死亡。"

他讨厌等待。

他问死神能不能等他写完最近写的诗之后再来。
他望着镜子里的自己，把一枝新鲜的玫瑰
插在衣领上，迎接即将开始的漫长旅程。

致格桑·卡纳法尼

从没想到，回到海法

意味着踏上一条血路。

湖里盛满的不是水，

而是水雷。

当你打开车门，

那并非萨义德家的门。[1]

古老的波兰犹太人的米利暗[2]

并没有出现在你面前，让你返回

你那被盗走的家。

---

1 1972年，格桑·卡纳法尼在贝鲁特遭遇了以色列摩萨德
  特工的汽车炸弹袭击，不幸身亡。（编者注）
2 指公元前十三世纪的耶和华的女先知，首次出现于《出
  埃及记》中。（编者注）

死亡把你和拉米丝[1]
吞进它的深渊。

弹片成了标记你们身体的
花纹，
在死亡的
隔离区里。

1 拉米丝是格桑·卡纳法尼的外甥女。她和卡纳法尼一起
被汽车上的炸弹炸死，死时只有十七岁。

萨义德、乔姆斯基和阿多诺在加沙[1]

爆炸后，灰尘蹑手蹑脚地

起立鼓掌。

光线撞上冰冷的大地，

在这座城市的坑穴里消失。

爱德华·萨义德又一次

格格不入：

他的书从我书架上掉落，

掉在打碎的窗玻璃上。

1　爱德华·萨义德（1935—2003），美国文学理论家、批
评家，出生于耶路撒冷，巴勒斯坦全国委员会成员。诺
姆·乔姆斯基（1928—　），美国语言学家，激进派知识
分子。特奥尔多·阿多诺（1903—1969），德国哲学家、
社会学家、音乐理论家，法兰克福学派领袖。

　　　　巴勒斯坦也变得无处可去：

　　它的地图

　　从我墙上掉了下来。

爱德华的流亡又一次因战争

和持续的异化而流血。

乔姆斯基，出于他的本性，修补着

那些受伤的词，

用他普遍语法[1]急救包里的绷带包扎。

阿多诺试图研究

炸弹坠落

和玻璃碎裂发出的音乐。

但从书中滑落的词语

让他的视力和头脑迷惑：

1　普遍语法是以乔姆斯基为代表的一些语言学家提出的假
　　设，大概是指人类所有语言共有的原则、条件和规则所
　　组成的系统，而人类之所以具备学习语言的能力，正是
　　依靠这种普遍语法。

灰尘蒙住了他的眼镜，

乐谱窒息地躺在

他颤抖的脚下。

格格不入

——纪念爱德华·萨义德

我既不在里面也不在外面。

我处于二者之间。

我不是任何事物的一部分。

我是某物投下的阴影。

在最好的情况里，

我是一件并不

真正存在的

事物。

我是加沙的时间里

一粒毫无重量的

微尘。

但我会依然待在

我现在所在之处。

致易卜拉欣·基拉尼[1]

耶路撒冷不知道，你来这里不是为了拜访它，

不是为了参观和问候那些清真寺和教堂，

不是为了闻闻它狭仄小巷里的百里香和鼠尾草气息，

不是为了品尝刚出炉的面包，

也不是为了抚摸那些橄榄树，

而是为了让它见证你的灵魂

从它古墙的细小洞孔中离去。

1　易卜拉欣·基拉尼是2014年在加沙因以色列空袭而遇难的死者之一。

伤口

——关于以色列侵占加沙的行动

（2008 年 12 月 27 日—2009 年 1 月 18 日）

星期六——加沙每个星期里的第一天。

我十六岁，头几场期末考试刚结束，

我又考完了阿拉伯语。我喜欢阿拉伯语，

就像喜欢英语和足球一样。

我和父亲讨论了我交出的答案。

中午到家后，我们站在我们的屋顶，

看着父亲为了消遣而豢养的鸽子。

我们头顶那没有边际的天花板由蓝色和白色构成。

无风的天空中，云船航行得很慢。

一连串爆炸摇撼了房屋，撼动了整个周边地带

和大地本身，

我吐出的话语撞碎在我僵硬、赤裸的脚上。

不知道从哪儿来的鸟群在天际漫无目的地飞动。

有些鸟躲进树丛。

硕大鸽笼里的鸽子瑟瑟发抖。

原鸽、埃及鸽、王鸽，

还有哈拉比鸽子。

一个小小的鸟蛋掉了下来。

我的答案一定也从试卷上掉了下来，

也许它正带着恐惧消融。

我看见几公里外一幢楼宇冒起黑烟，

比我试卷上的墨水更黑。

直到F-16战斗机结束空袭，我们才辨别出它们的

　　声音。

它们从地狱降临。但丁也没有写到这些。

大约八十架F-16同步行动，带着炸弹袭击加沙，

发出宣告某人死亡的巨大鼓声。

但我想，一定不止一个人死亡。

我们匆忙跑向收音机，那个肮脏的旧盒子

通常会把血和器官

吐到我们的耳朵里，

医院挤满了灼痛的伤口，

此起彼伏的呻吟，一具尸体，一个缺了一条腿的女孩，

她躺在小床上

或布满血迹的地板上。

两百多名警察死去，七百多人

在那个黑暗时刻受伤。他们当时正在接受警察训练。

除了他们，还有两百万人

担忧着生命安全。

（别把我们当成数字。）

那是那一年的第一天，

以色列袭击了贾巴利亚难民营的一个居民区。

一个叫尼扎尔·拉扬的哈马斯领导人被杀死。

他和他的十五名亲人一起被埋在

他们家的废墟之下，

十五个人里大部分是他的孩子，最小的只有两岁。

我在电视上看见一个男人抬出一个无头的孩子，

还有另一个没有胳膊或者没有腿的孩子。孩子太小，

我辨认不出是男孩还是女孩。

仇恨会略去这些细节。

那些房子不是哈马斯。

那些孩子不是哈马斯。

他们的衣服和玩具不是哈马斯。

整个居民区不是哈马斯。

那片空气不是哈马斯。

我们的耳朵不是哈马斯。

我们的眼睛不是哈马斯。

那个下令杀戮的人，

那个按下按钮的人

心里只想到了哈马斯。

我的弟弟胡迪法生来就

又聋又哑。

他的身体和心智都无法好好成长。

但他的情感很健全。

我们原来不知道这一点。

他和我们一起看电视，看到屏幕上播放的

录像和照片展示了扭曲的身体，

缺失肢体的人。

两天后，胡迪法被击中了，

在他内心，在我们看不见的地方。

我们给了他一杯水，他把水倒在了地上。

他打碎盘子，抢走电视线，咬破自己的衣服。

我们为他哭泣。我们为他祷告。

几天后，他恢复了正常。

在以色列进攻的第八天早上，

大批坦克开了过来，我听见了子弹发射。

我从客厅窗户往外窥看。

（客厅已经不再生机勃勃。）[1]

我看到学校附近的山上停着一辆坦克。

1　原诗为 "The living room was no longer living."（编者注）

推土机正在筑起沙堤

让坦克和士兵在后面躲藏。

而我们无处可藏。

我们不敢开灯

不敢出门喂鸽子

不敢去我们的花园里浇花。

邻居说我们可以和他们待在一起。

他们有地下室，比我们的房子更安全。

我们带上一些衣服、食物和书，

还有收音机。

以色列人在我们附近随机发射炮弹。

父母觉得留下来也不安全。

过了几个小时，

我们匆匆回家把更多衣服装进塑料袋。

我爸说我们要步行去姑妈家，在谢赫·拉万德社区。

我们准备好要走四十分钟。

感觉却像是走了好几年。我们既死又活。

死亡在我们头顶盘旋：

阿帕奇直升机、F-16战斗机和嗡鸣的无人机。

我们看不到任何人。除了孤零零的房子和静止不动
的沙地。
我看见一些树，绿叶正开始发白。

距离我们房子两百米远，
我看见一辆黄色奔驰停在路中央，
周围没有任何活动迹象。
车顶架上和后备厢里
放着一些燃气罐和几袋小麦粉。
以色列炸弹炸死了司机和其他几个人。
我朋友的兄弟就是其中之一。
穆罕默德·阿布-吉迪安。
年龄：十八岁。
还有几个过路人在汽车附近受伤。
燃气罐爆炸了，小麦粉
撒在地上。
这新鲜面包是温热鲜血烤制的，

经过沙子的发酵。

它旁边是一辆停在半途的救护车，

医护人员已被杀害。

阿拉法·阿卜杜勒-达耶姆

是我小学四年级的科学老师。

我在救护车车轮旁边

看见了他的血，他的一部分头皮和头发。

后来有人告诉我，他死时正打算

帮助黄色奔驰车里那些遇袭受伤的人。

以色列人在袭击时用了一枚钉子炸弹。

小时候，我从不知道钉子可以杀人。

我以为钉子的用途仅仅是建造。

我被骗了。

科学老师从没教过我们钉子炸弹的原理。

那不是他的教学内容。

我可怜的老师，没有人过来救他。

亲爱的老师，你知道吗？在你下葬后，

以色列人又在墓地里杀了你的五个家人。

看来他们不喜欢你下葬的安排，

希望你的家人能一点点改善你的坟茔。

就在那次救护车遇袭事件里，新搬来的邻居也被
　　杀了。

加桑·阿布－阿姆林，

刚满二十岁。

（现在我超过了他死时的年纪。）

加桑出门去给他母亲买面包。

他没回家。家人开始担心起来，

打开收音机，查看广播里有没有他的名字。

我们一直是通过这种方式了解有谁死了。

一名认识他家人的医院秘书当晚打来电话。

他告诉他们，停尸房里躺着一个

身份不明的年轻人，他不确定是不是加桑。

但加桑的死讯传来，

那年轻人不是加桑。

我三岁的妹妹萨迦跟着我出门。

她紧紧抓住我的手。

我的父母和兄弟姐妹走在后面。

我们不敢回头看。

当时我有七个兄弟姐妹。

我们不敢回头清点人数，因为如果

他们减少了怎么办？

一些子弹像雨一般落在我们脚边。以色列人的坦克

停在远远的山上。

但对它们的瞄准镜和弹药来说，我们其实很近

　　　很近。

在我们离开之前，我爸把母鸡从鸡舍里放了出来，

让它们在花园里找吃的，直到我们回来。

鸽子也被放飞了。

他坚信我们回家的时候，它们也会回来。

那是一月，我们待在姑妈家，

在一个圣日斋戒。母亲给了我5谢克尔

去买点鸡蛋、面包，给我的妹妹们

做早餐。我穿上小小的黑色拖鞋。

我把硬币放进连帽衫前面的口袋。

我不开心。我不喜欢斋戒。

我刚过十六岁，

正在去杂货店的路上，

打算买一些该死的鸡蛋。

我喜欢吃煮鸡蛋。

我看到一大群人

聚在十字路口。我很好奇，

于是向他们走去。

但因为个子还小，我的视线无法越过人群。

一道黄光闪耀。

我的头被劈开了一半，

不知为何我就是这么感到。

黄光可能会让我看得更清楚，我对自己说。

血滴在我的睫毛和连帽衫上。

站在那里的片刻间，我问自己：

你怎么能在头被劈开的时候还依然站立？

周围的人都倒在了地上，
像一颗颗汗珠。

我依然站着。画面在我眼前定格。

火药味渗入我的肺。

我开始像疯子一样跑来跑去。
有人递给我一张纸巾，让我擦掉
左脸和额头上的血。
我需要的远不止这些。
不只是我的脸颊和额头。
弹片还在我的脖子和一侧肩膀
炸出了坑洞。

我脚上的拖鞋不见了，那5谢克尔
也消失了。
我四处张望。人们正向我们飞奔而来。

一辆车靠近。车身上写着"救护车"。

但没有医护人员，没有急救处理，也没有床可以躺下。

来吧，这是我第一次受伤。

我上了车。有人把一具尸体扔在我旁边。

尸体烧焦了，可能没有头。我没看它。

气味难闻透了。我很抱歉，不管你是谁。

死亡的气味。

我打开窗户呼吸新鲜空气。

救护车司机没问我感觉如何。

在希法医院，人们进进出出。

我走进急诊室。没人在看我。

我坐在地上，和其他伤者一起。

有人躺在地板上，像烧过的火柴。

一个护士过来查看，看到我脖子上的洞

和脸上的伤口。

她开始触碰我的肚子和背，检查

还有没有我感觉不到的伤。

电梯把我的轮床抬上楼，
来到放射科。
一名医生正处理我的伤口。
有人在照看我。

一个小时过去。我父亲和哥哥走了进来。
哥哥指着我脖子上的洞。
"你可以把食指放进那个洞里。
它离你的气管只有几厘米。"

假如火箭弹掉落时，我脑袋稍微偏了一点
去看树上的鸟，或者去计数
从西边飘来的云，
弹片就可能切断我的喉咙。
那样的话我就不会和我的妻子结婚，
不会成为三个孩子的父亲，其中一个孩子生于
　　美国。

哥哥告诉我：

我们听到爆炸声，而且知道你

还没回家，都以为你已经死了。

我们开始在停尸房找你。

我环视四周，亲人们围在我床边。

我看着他们交谈。我想象,他们围绕我的棺材祈祷。

致我的签证面试官

你想面试的是哪一个我？

我是很多很多人，甚至我不认识的人。

你需要面试我的衣服、书、

牙膏和梳子吗？

我儿子的尿布和纸巾？

我肚子里那些还没消化的食物？

在我拿到签证之前

这些东西就会被排出。

它们会在我迁徙之前远行。

你会问起我兄弟姐妹的

姓名。

其中有些人已经去世。你要知道他们的名字吗？

你会不会打算让他们复活？

我并不清楚他们每个人的生日。

我只记得我弟弟的死日。

他死在 2016 年 10 月 14 日。

你会询问我过去十年里

住过的地址。

我们住在加沙北部。

每次以色列袭击时，我们都会搬家，

住在近东救济工程处的学校，我姑妈家，或者就住

　　在街上。

你会询问过去五年里

我用过的电子邮箱、手机号。

我只会在通电的时候用电子邮件，

在有人回应的时候打电话。

2014 年，我失去了三个亲爱的朋友：伊扎特、阿玛

　　尔和伊斯梅尔。

你会询问我的个人网站。

我不是"蜘蛛"，我的站点就是随便什么地方——

只要有玫瑰盛开，

只要有云影掩蔽失去屋顶的房屋，

只要炸弹不会落下，

只要一个孩子不会把云朵

当作爆炸后的烟团。

笔记本

我小心地踏在沙滩上，想要查看
前面有没有一个孩子的脚印，
那孩子失去了一条腿，也可能是两条腿，
又或者他再也听不见海浪。

***

死亡天使刚刚把我的身躯撕成碎片，
带走了我的灵魂。它把我
一个人扔在那儿，躺在血染的土地上，
我的手指落在邻居破碎的窗前。
天使没有回头看我是在笑还是在哭，
没有看我的嘴巴还是否完整。
它只想要我的灵魂。

而我的家人正出门寻找我的身体。

***

夜间空袭时，我们所有人
都变成了石头。

***

当我听见爆炸，我能闻到沙子，那些在宁静空气中
　　飞动的沙子
积聚在我的窗台。

我能听见每次杏树枝条颤动时，那只小狗的叫声。
它以为那是一只想要惊吓它的小鸟。是不是到了玩
　　耍时间？

厚厚的尘土落在树上和小狗身上，又被风吹进我的
　　窗子，
让我不再疑惑。

***

夜里我关上灯，于是F-16战斗机
和它们的炸弹就不会找上我了，
于是尘土不会飞快地扑上我的新衣，
子弹不会射中我的双肩，
当它们无情地滑过赤裸无蔽的空气。

***

我走在那条路上，看到一棵树。
我写下一首诗，写它细长的树枝和翠绿的叶片，
知更鸟在那里做了巢，它看着树下婴儿车里的
小宝宝，一个母亲正卷起袖子忙活。

第二天，我又去了那条路，发现那棵树不见了。
我赶回我的房间，在笔记本里寻找昨天的诗。
那一页也被撕掉了。

我回到那条路上。
根本没有树。

我回到房间。
笔记本不见踪影。

我看了看镜子，
看见一个更年轻的自己的幽灵。
我蹲下来捡起掉在地上的笔。
镜子跟着我，
在我头顶破碎。
我惊醒。

*****

雨滴从铁皮屋顶上的孔洞
滑入煎锅。

*****

我们离开屋子，
带上两床毯子，
一个枕头，还有收音机的
回音。

***

为什么我梦见巴勒斯坦的时候，

巴勒斯坦是黑白的？

***

人们说沉默就表示允许。

但也许不是这样——假如我根本没有说话的权利，

假如我的舌头被割断，

嘴巴被缝上？

***

就连这些笔本身也想写下它们听到的东西，

写下它们在午后打盹时

到底是什么把它们从梦中摇醒。

***

坟墓里盛满了沙子

盛满了祷告声和路过的游客遗落的故事。

***

世界已经喧闹很久了

我一直在寻找

寂静的录音，用我的旧耳机播放。

男孩和他的望远镜

一架很大的白色飞机在空中航行。
一个男孩试图看清上面的乘客，
用他的望远镜。

一群候鸟经过，
一阵强劲的风吹来，
一大团云朵飘移，
飞机消失不见。

在围栏边上，
男孩不需要望远镜
也能看见飞机在空中盘旋。
他能看见那些手榴弹，
那些摄影机。

尖厉的风咆哮着。
男孩听见了
无人机的嗡嗡声。
浓云遮蔽天空。
它们和轮胎燃烧产生的烟雾
混合在一起，被染成黑色。

一缕缕阳光
悬浮在空中。
蝴蝶掠过光线，
就像年轻吉他手的手指
弹拨琴弦。

你会在我耳内发现的声音

——给医学博士艾丽西亚·M. 奎内尔

1

当你撬开我的耳朵，请你

轻轻地工作。

我母亲的嗓音还在耳内某个地方徘徊。

当我因专注而眩晕，

她声音的回响能帮我恢复平衡。

你也许会在耳朵里找到阿拉伯语歌曲，

我背给自己听的英文诗，

或者我伴着后院的啁啾鸟鸣哼唱的一首歌。

当你缝完这伤口，别忘了把它们全都放回我的耳朵。

按照顺序排放，就像你理好书架上的书那样。

2

无人机的嗡鸣声，

F-16 的咆哮，

落在房屋上、

田野里和一个个身体上的炸弹的尖叫，

火箭弹的嘶吼——

请从我窄窄的外耳道里拿走所有这些。

把你微笑的香氛洒在这伤口上。

把生命的歌注入我血管催我醒来。

轻轻地敲打鼓面，好让我头脑随之舞蹈，

和你的头脑一起，

我的医生，日夜不停。

莫萨布

父亲给了我一个拗口的名字。

名字里有两个字母在英语里并无对应。

父亲没想到我会认识一些

说英语的朋友，

他们总问我名字的发音，

或者尽量不去念它。

但爸爸，我喜欢别人叫我的名字，

特别是我的朋友。

就连我名字的词源也意指"艰难"。

一头被称作"莫萨布"的骆驼

就是难以爬上去驾驭的那种骆驼。

但我从任何角度来看都不难相处。

我想脱掉衣服，向你展示

我的肩膀——灰尘如何落在我肩头，

我的胸口——泪水怎样打湿胸口的皮肤，

我的背部——汗水怎样让它发白，

我的肚子——毛发遮住我的肚脐，

那就是我出生前，我母亲喂养我的地方。

就是从这个位置，人们说，死亡天使

会从这里带走我的灵魂。

而现在，在夜里，我儿子的头会痛，

当他躺在我的肚子上。

还有我的衣服，我感觉它们已变得很松，

但别人却觉得我的衣服更紧。

当有人从人寿保险公司打来电话

用英语读出我的名字，

我就看见了镜中的死亡天使，

它的目光注视着我

在这片异国的土地上坍塌瓦解。

背诵你的梦

闭上眼睛，

在大海上面

行走。

把你的手

浸入水中

然后

抓住你会在诗句里

用到的词。

把词写在

云层之上。

别担心，它们会找到

它们的土地。

睁开眼睛。

在夜晚，

海水不再是蔚蓝。

环顾四周，从那些

降落的

雨水里

选取你的标点。

穿上泳衣，

深深潜入水中

搜寻

你史诗的题目。

踏上你那移动着的

故乡——

你的船。

回到床上，

沉入梦中，

开始背诵

你的梦。

永远无家可归

在我踏上漫长旅程之前，我打包好
我的行李箱，装进
我们故土的沙子，
我母亲厨房飘来的芳香，
还有清晨小鸟的歌唱。

我把四个方向
也装进口袋。我的双手就是罗盘。

在机场，我祈求海关检查员
别打开我的箱子，
假如需要搜查，也请在摆弄我衣服时
动作轻点。
不然，我就会失去立足之地，

被虚空包围，

眼前空无一物，

我会失去自己，

永远无家可归。

玫瑰朝上

别吃惊，当你看见

一朵玫瑰在家宅的废墟中

昂首挺立：

这就是我们活下来的方式。

作者访谈

——阿米尔·阿尔卡莱访谈莫萨布·阿布·托哈

你在哪里出生？在哪里长大？

我出生在加沙市西部一个叫沙蒂（al-Shati）的难民营里，这个名字的意思是"海滩难民营"。我父亲也出生在这个难民营，而我母亲出生在贾巴利（Jabalia）亚难民营——加沙乃至全世界最大的难民营。我们住在沙蒂难民营，它也是加沙地带第三大难民营，一直住到我九岁的时候。

后来，到了2000年，在第二次起义[1]开始时，我们搬到了拜特拉希耶（Beit Lahia），这是一个

---

1 第二次巴勒斯坦大起义，又称阿克萨起义，指巴勒斯坦人针对以色列的占领和阿克萨清真寺事件而兴起的大规模抗议和双方之间的武装冲突，约从2000年9月持续到2005年2月。（编者注）

边境小城。从我当时的窗口往外看，能看见2005年以色列废除这些定居点之前的样子。从我家还可以看到以色列城市阿什凯隆（Ashkelon），在1948年被以色列占领之前它叫阿斯卡兰（Askalan）或马吉达尔（al-Majdal）。

从年龄上看，你在家里排第几？

我是家里的老三。本该是老四，但家里最大的哥哥——他叫穆罕默德，在很小的时候就去世了。家里原本还有一个女孩，得了病，她也死了。然后是我的弟弟胡迪法，他几年前去世了。我们本应该有十个兄弟姊妹，但现在是七个人。

在你成长过程中，你的祖父母待在你身边吗？

在我的诗里，当我谈到祖父时，总是指我父亲的父亲。当我写到祖父时，就是在谈论早在我知晓之前我就已经失去的东西。我祖父在1986年去世，就在我父亲结婚的前一年。所以我根本没机会见到他。当他们在1948年被迫离开雅法的家的时候，我的祖父，还有祖父的兄弟姐妹，一起带着他们年迈的父亲南下，他们坐卡车沿着海岸行驶，最终在沙蒂定居下来。他们一直留在那儿，所以我父亲家族里剩下的人都还住在沙蒂。我从来没有机会见到我的祖父，他的名字叫哈桑，我不知道他的墓在哪儿。

还有我父亲的母亲，她的名字叫卡德拉。卡德拉在我八岁时就去世了。我只记得，她坐在自己小房子的门阶上抽烟。每当我们这些小孩子去看她的时候，她就会把我们赶走："走开，走开！"

我不是在祖父母家长大的。我父亲结婚后，不得不和他年轻的妻子另找个地方住。我家与我的许多同龄人情况不同，他们依然是在好几代人一起生活的家庭里长大的。

你母亲那边的亲戚也都来自雅法吗？

是的，我外公还活着。我外婆在生我一个舅舅的时候去世了，那时她还很年轻。我母亲还是个小女孩时——甚至在她结婚后——会经常照顾她的弟弟妹妹们，所以她对那些弟弟妹妹来说就像母亲一样。我外公仍然住在贾巴利亚。当我想到最典型的难民营的样子时，我就会想到我外公的房子和那些狭窄的街道，在那种街道上你只能单独行走，两个人没法并排走。

你家族从雅法开始的记忆是怎样传递到你这里的？

虽然我父亲1962年出生在沙蒂，但他把这些家族往事告诉了我。以前我总是问他：爸爸，你能给我讲讲祖父哈桑的事情吗？我会恳求他：你能告诉我，他的眼睛长什么样吗？还有他的头发？他以前穿什么样的衣服？他做什么样的工作？我只有两张他的照片，他对我来说就像一个谜。我意识到，这就像加沙地带之外的巴勒斯坦：我只是听人说过，却无法亲自看到或触摸。

1967年，我外公的兄弟姐妹搬到了几个不同的阿拉伯国家。一个去了埃及，一个去了约旦，还有一个去了沙特阿拉伯。我外公留在沙蒂，和他父亲以及另一个手足在一起，最后他们三人都葬在了加沙。去外国的三个人无法返回，因为和其他许多人一样，他们没有巴勒斯坦身份证明。

虽然我们都有各自不同的故事，但作为巴勒斯坦人，我们的人生故事在很多层面上看都是相同的。我想就好比是我们都生活在坟墓里：我们并没有死，我们处理着日常事务，但所有这些都发生在一座坟墓里。我们活在一个死人的世界里。我知道这听起来是个悖论。

在以色列上一次大规模袭击期间，也就是2021年5月，我们谈到了你的小女儿：她被炸弹吓坏了，但从来没问是谁投下炸弹的。换句话说，对她来说，炸弹就是最直接的现实生活。你能不能多少跟我们描述一下，在成长过程中，你是怎么渐渐认识到你自己和你家庭的处境的？

一开始我根本没意识到自己出生在难民营，因为难民营就是我全部的世界。我的意思是，一条鱼根本不会问：我们为什么不走上街去买东西？鱼也不会问它妈妈为什么一条鲨鱼在追赶它们。鲨鱼想要什么？为什么它要吃我们？鱼不会这么问：好啊，妈妈，为什么不是我们去追鲨鱼呢？我想说的是，没有人去问这些存在主义层面的问题，我也不知道为什么。我甚至弄不清楚，我们到底是怎么理解这些巨大的话题的。我是1992年出生的，我想，我第一次意识到我们多少处于非常危险的境地，是在2000年。当时以色列人袭击了纳萨尔（al-Nassar）社区的一栋高层建筑，而我正在出门买晚餐的路上。我眼睁睁看着一架阿帕奇直升机向那栋楼发射了一枚火箭弹。

那时你大概八岁？

是的，我不确定自己该不该害怕。我不知道那架直升机在做什么。我是说，我不理解当时发生的事。然后我开始看到电视上的人群，他们抬着棺材，反复呼喊着表达他们的愤怒。那是一次游行，当时我看到的第一件东西——我后来得知，就是几千人在街上抬着穆罕默德·杜拉的灵柩。然后我开始哭。我说不清为什么哭，但毕竟，你看到一个和你差不多大的孩子不能动了，而所有这些人——为什么他们要抬着他？

你说的是穆罕默德·杜拉那个孩子的悲剧，2000年第二次起义的第二天，他和他父亲遭遇交叉火力，父亲试图保护他。那男孩被击中，在父亲身边倒下，当时那些照片传播到了整个世界。

看到那个画面，我开始哭。那时和现在，我都对看到有人受苦、残疾或者流血的画面非常敏感。我直接大哭起来。

我们搬到拜特拉希耶之后，家里没有窗户。我们只是把那些敞开的地方遮起来，它们最终都会被塑料膜覆盖。2004年我十二岁，那是我第一次感觉到以色列坦克开过来的动静，它们离我们家只有几百米远。我们不确定是不是应该保持静默：假如他们听到我们怎么办？当你处于危险中，你会把自己想象成整个地球上唯一的攻击目标。这是种很奇怪的感觉，并非所有人都能理解，因为，你明白，并非每个人都经历过武装冲突。即便是在上一次袭击中，不管你身在何处，你都会觉得那些以色列人唯独盯着你。如果你走在街上，甚至待在自己家里，你会觉得他们总在专门盯着你。这就是你因为知道自己可能随时会被炸死而感到的恐惧和威胁。

你最早是怎么接触到诗歌的？

　　在巴勒斯坦，诗歌总是我们课程的一部分。我说的是阿拉伯语诗歌，那些大诗人熠熠生辉的名字，比如安塔拉[1]、伊姆鲁·盖斯[2]、阿布·阿塔希亚[3]、阿布·塔玛姆[4]、穆太奈比[5]、阿布·努瓦斯[6]，当然，还有很多现代的诗人，比如艾哈迈德·邵基[7]、尼扎尔·卡巴尼[8]、萨米赫·卡西姆[9]、马哈茂德·达尔维什。所以我们一直在读这些诗人。我们读到的大部分诗都是古典诗歌，但我始终没想过要掌握那种古典形式。当我想到诗歌，我不会去想那是不是阿拉伯语诗，或者英语诗，或者西班牙语诗。不，我只

1　安塔拉（525—608），出生于阿拉伯半岛。

2　伊姆鲁·盖斯（约501—约544），出生于阿拉伯半岛。

3　阿布·阿塔希亚（约748—约828），出生于伊拉克。

4　阿布·塔玛姆（804—约845），阿拔斯王朝诗人，出生于叙利亚。

5　穆太奈比（约915—965），阿拔斯王朝诗人，出生于伊拉克。

6　阿布·努瓦斯（约756—约814），阿拔斯王朝诗人，出生于波斯。

7　艾哈迈德·邵基（1868—1932），埃及诗人。

8　尼扎尔·卡巴尼（1923—1998），叙利亚诗人。

9　萨米赫·卡西姆（1939—2014），出生于约旦、拥有以色列公民身份的巴勒斯坦诗人。

是把诗当作一种想法，而不是一种我必须遵循的僵硬的形式。阿拉伯语里，表示诗歌的词"sha'ir"并不是指一种特定的文体，而仅仅是指和某种感觉相联系的东西。所以诗歌意味着你需要擅长把你的感觉展现在纸面上，或者向人们背诵你的诗句，让他们感觉到你的感觉。它可以是某种图像，但它必须为读者留下某种内心的冲击。如果你能让他们哭或者笑，那么你就是一个诗人；如果你能让他们颤抖，那么你就是一个诗人。

当你成为一个诗人，你就必须说出其他人无法说出的东西。诗人不需要成为一流的诗歌读者，因为当他开始写作的时候，他已经拥有他所需要的东西了，他就生活在诗歌里。当我把我的经历讲出来——向任何人讲出来——的时候，我觉得我就好像是在背出自己的诗。

我们生活在这里，这故事本身就像一部史诗。我生在《奥斯陆协议》[1]签订之前的几个月，然后是1994年巴勒斯坦民族权力机构成立，接着是2000

1　1993年以色列和巴勒斯坦解放组织（PLO）在挪威奥斯陆举行的秘密会谈中达成一系列协议，该协议为和平解决巴以冲突提供了框架，但该协议在实际执行中遭遇重重困难，并未得到完全落实。（编者注）

年的第二次起义，2004年以色列入侵加沙，2005年以色列撤销加沙定居点，2006年哈马斯赢得立法委员会选举，然后是2007年的围困[1]，2008年和2009年以色列的几次重大袭击。后来是2012年对加沙为期七天的袭击，然后在2014年又有更大规模的袭击，最近的一次是2021年5月。这些冲突从未停止。我不认为诗人必须生活在诗情画意的环境里才能去写。

你是从什么时候开始对英语感兴趣的?

我们从小学五年级开始学习英语。现在从一年级就开始了。我清楚地记得，我是班上英语成绩最好的学生，但是我只有英语最好，而不是阿拉伯语和数学。高中毕业时，父亲建议我可以考虑去警察学校。他说也许我会成为一名警官。于是我报名了。但我心里有些犹豫：以后我会待在什么地方的办公室里，被派去解决这里或那里的麻烦?但我不喜欢跟麻烦打交道。我告诉父亲：我想，我应该去读英语系。我申请了加沙伊斯兰大学，被录取了。我正

1 2007年以色列对加沙走廊实施全面封锁。（编者注）

式学习英语就是从这里开始的。

英语语法是我最喜欢学习的东西之一——英语的结构、句法规则，然后是文学。但我的专业是英语教学。我没有主修英语文学，因为我觉得学习应该有一个目的。我想成为一名教师，那样的话我就可以开始赚钱，自己谋生，并且为我自己和家人都做点事业。当然，我也想帮助我父母，他们一直都在负债。

在你不断成长和进步的过程里，你喜欢读什么样的书？你印象最深的是哪些？

我是在选修了一门关于浪漫主义文学的课程之后开始喜欢英语文学的。我也不知道为什么是浪漫主义诗人特别打动了我，还有他们那些充满幻想的诗，比如，威廉·华兹华斯写的"我孤独地漫步，像一朵云"。我忘不了那首诗开头这一句。它带给我另一个世界，让我沉思，让我想要活在其中。还有珀西·雪莱，还有柯勒律治的《忽必烈汗》。这门课带给我很多让我喜欢的东西。然后是乔治·奥威尔和他的《动物农场》《1984》，艾略特的《荒原》。我看到了文学里发生的种种神奇的事，比如，克里斯托弗·马洛的《浮士德博士的悲剧》。我是说，有人把自己的灵魂卖给了魔鬼——哦，天哪，你在说什么，你说的是一个我想进入的世界，一个在我们这儿并不存在的世界。我想逃进那个想象中的世界。

但当你谈论一般意义上的文学时，你不只是在谈论奇幻的世界或被想象的现实。不，你谈论的是记录了作者的生活和他们居住过的那些地方的作品。当我阅读华兹华斯或马洛的作品时，我不是在读他们优美的词句——不，我读到的是他们向我讲述的他们眼中的世界。这不仅与文学本身有关，还与文学所传递的那些内容有关。当我谈论华兹华斯、柯勒律治、雪莱和济慈的时候，我谈论的不是他们喜欢的东西，也不是他们想带给我们的东西。当我读他们的作品时，我想和他们待在一起，因为有人剥夺了我生活里的自然，剥夺了在他们那个世界里存在的种种事物。当他们向我描绘树木、河流、云朵和花朵时，他们在邀请我体验他们的生活，这是一种让我在加沙之外旅行的很好的方法。所以，我感觉自己是在他们的诗中旅行。

你的生活面对的是非常严酷的现实。在诗歌中旅行，这为你带来了哪些精神上的改变？

确实，我们一直生活在围困之中，生活在无休无止的消耗战中。但我身边也有一些美好的东西：有大海、白云，有花和树，以及树上的柠檬，这些都是让我们愉悦的事物，即便只是一瞬间的愉悦。当我读诗时，我有时会看到一些我以前没注意到的身边的事物，我是在诗里读到它们之后才开始注意到它们的。哦，这颗柠檬，它看起来就像这个欧洲诗人在诗里提起的柠檬啊。

换句话说，诗歌从来都不意味着逃避，而是让我们回归一个本来就在那里的现实。

没错！对我来说，诗就是让我再次看到这些东西的途径。而且我认为诗也能投下一束光，照亮某些我有时认为很平凡的东西——我不是说作为诗人的我，而是作为一个读者、一个普通人——但其实那些东西并不平凡。当我读诗，当我看到诗中描绘的东西恰好类似于我在自己花园里或者在街上看到的东西，我就会意识到，我们和华兹华斯生活在同一颗星球上。诗中的柠檬，可能和我在树上看到的柠檬是一样的；当他说起太阳时，说的也是和我看到的一样的太阳。诗歌邀请我去注意和欣赏那些我平常在恐惧状态下无法注意到的东西。所以，对我这个读者和诗人来说，诗歌能够呈现我以前从未见过的东西。它还能让我注意到我曾看见但从未欣赏过的东西。最后，它让我确信我就生活在莎士比亚、华兹华斯、柯勒律治等作家生活过的同一个地球上。

所以你被诗歌带回到某种普遍的人性世界。

是的，正如马哈茂德·达尔维什写的："我们在这个世界上拥有让人生值得一活的事物。"

什么时候开始，引用达尔维什变成了你的习惯？什么样的情境会让你想起他的诗句？

当然，马哈茂德·达尔维什是课程的一部分。谁能忘记他那富有革命性的早期诗句："写下：我是一个阿拉伯人",或者马塞尔·哈利法[1]唱过的他的诗《致母亲》?但是我仰慕达尔维什的原因是他从未停止发掘自己。当你读到达尔维什十九、二十岁作为一个年轻的巴勒斯坦反叛者的诗,然后去看他在海法、莫斯科、开罗、贝鲁特、突尼斯、巴黎、约旦最后到拉姆安拉写的诗,你就会发现他经历了多少变化,他的视野如何不断地开阔起来。他不仅是一名巴勒斯坦诗人,也是一名世界性的诗人。当我开始读他那些具有存在主义色彩的诗,那些精神性的诗,还有崇高的诗,我就开始在世界上找到了一部分自我。

你知道《为了遗忘的记忆》[2]里那一段吗?他来到贝鲁特,请出租车司机带他去达穆尔,让他看看他小时候离开巴勒斯坦后作为难民生活过的地方。然后诗人问:我在寻找什么?我是在寻找伊萨卡,寻找我遗失的家园,还是在寻找那个曾是孩子的我?

1　马塞尔·哈利法(1950—),黎巴嫩歌手。
2　马哈茂德·达尔维什的一首散文诗。

148

我想，我写那首关于告别童年的诗的想法就来自达尔维什的这段话。当马哈茂德·达尔维什六岁离开比尔瓦村时，他留在身后的并不是他家的房子或衣服。我觉得他离开的是假如他们没有被迫离开那个地方的话，他原本可以成为的那个人。所以在黎巴嫩的那个叫达尔维什的孩子，不同于假如他可以留在比尔瓦村的话，他会成为的那个孩子。这一点直接触动了我：世界上也有许多莫萨布——在加沙的沙蒂难民营出生的莫萨布；如果我祖父母没有被迫离开雅法的话，我原本可以成为的莫萨布。也许那样的话，我就不必写诗，也许我本可以成为普里莫·莱维那样的化学家或者诺姆·乔姆斯基那样的语言学家。我本可以成为科学家、历史学家或者研究海洋生物的学者。但现在我生活在加沙。以前我就不觉得自己是个孩子，我觉得自己一直在躲避什么东西。也许是在躲避我的童年。也许我的童年被我永远抛在了身后，因为我从未感到自己曾是个孩子。父母从未带我去旅游，从未坐过飞机，也没有带我们一家人去约旦或沙特拜访亲戚。还有一点很重要：在学校，在课本里，特别是在社会学课和地理课上，书页边缘总会提到课后活动——学生们在老师的带领下，去山上、河边进行实地考察，或者去死海看看它的含盐量，看我们是怎样在死海中漂浮的。但所有这些，我们都无法体验。所以我从未真正"使用"过我的童年。我想它就待在那里等我——等到什么时候？也许是等我回到雅法，重新成为一个孩子的时候。

格桑·卡纳法尼有一篇很棒的短篇小说，小说标题表达了这个意思，"那天他曾是个孩子"。也就是说，除了那天之外，他从来都不是个孩子。你和你妻子养育了三个孩子，你现在对此怎么看？

当我成为父亲后，我更爱我的父母了。这并不是说我以前不大重视他们，而是说，因为我发现自己有多爱我的孩子，我又反过来更爱我的父母。我开始理解我的父母有多在意我。但因为从前我还是个小孩，所以没意识到这些。而且因为，正如我之前提到的，我没有使用过我的童年，有时我会觉得很悲伤，因为我告诉自己：也许我能给予我的孩子一些我曾希望父母给我而我没有得到的东西。但我依然无法做到。我没法在以色列袭击时保护他们，我没法带他们旅游,我也没法随时带他们离开加沙。我不知道,我的孩子们会不会给他们的孩子提供一个更好的未来。

在你的诗《伤口》中,你详细地描述了你十六岁时受伤的经历。你现在对那次经历怎么看?

当我想到那首诗,我就会想到那些被埋在自己家废墟下面的孩子的命运。他们没有像我一样长到成年,也没来得及学会用语言谈论他们的经历。我很幸运,因为我能流利地使用英语和阿拉伯语,所以我能表达我的感觉和经历,我能把它们写下来,记录我身体和灵魂的伤口。就在最近,几个星期之前,以色列人发动了一场针对加沙的大规模灾难性战争,很多家庭都被从加沙历史上抹除了,加沙居民的名单上没有了他们的名字。思索这件事,是痛苦的——当我看着我那六岁、四岁和一岁的孩子,他们无法理解周遭发生的所有这些事——我是不是应该代表他们去写作?但我写下来的,不同于他们真正经历着的生活。比如我能够去写我的小女儿试图躲避炮弹,而她哥哥给了她一床薄毯让她藏在下面。我可以在一首诗里描写这些，但我无法表达——他们听到炮弹声却不知道这并非游戏、不是有人在吓唬他们或者跟他们玩，而是意味着一桩生死攸关的大事——这对他们来说究竟是什么感觉。

你觉得对那些没有途径理解和表达自身经历的人来说，他们会怎么看待这些事情？

这意味着他们所经历的事情永远不会离开他们，他们做噩梦的时候会一再梦见这些事。诗歌的功能之一就是治愈创伤。我脑子里有些想法，但我只有把它们写在纸上的时候才能厘清它们究竟是什么样的。有些人没法经历这样一个过程，没有办法通过将那些经历转移或变形而摆脱它们，于是就会在心理上生病，会失去平衡。如果他们无法写作，或者无法通过阅读、写下那些噩梦或者和他人分享这些经历而消化它们，那么伤痛就会越来越深。这些噩梦会反复到来，在他们的梦里或者现实生活里——那会非常艰难。处理这些经历的方式之一就是把这些事告诉其他人并且写下来，于是你知道它们不会再困扰你了。我经常想要写下这些可怕的想法和可怕的事件，然后把它们全都烧掉，仿佛我烧掉了那些噩梦。

当人们遇到死亡事件或游行，当人们一边行进一边高喊，那会是一种戏剧化的场面，是一种应对灾难的处理方式，而且看起来人们都在有意识地向世界展示某种特定的形象。

是的，当然。加沙人必须告诉世界，他们无法被打败。比如说，当一个剧场所在的楼房在2018年的一次空袭中被毁，许多音乐家都来到那栋楼的废墟，在废墟上演奏。2014年以色列人空袭意大利建筑群[1]的时候，一个年轻艺术家在坍圮的墙壁上画上了许多张不同的脸——阴郁的和充满希望的脸——这些脸都望向天空。我们必须做这些，虽然这很艰难，但我们绝不能对世界说我们已经放弃了。

能不能跟我说说2014年你的大学遭到袭击的事情，你当时具体经历了什么？

1　加沙的一个建筑群，由意大利商人建造。

那时我还有一个月就毕业了。我们刚考完试。以色列军队在 7 月 7 日发动针对加沙的袭击，持续了 6 周。从数据上看，官方数字是有 2251 名巴勒斯坦人死亡，11231 人受伤，大部分是平民。当然，其中包括很多妇女和儿童。受伤的人中，至少有 10% 的人留下了终身残疾。大概有 18000 座住宅被摧毁，导致约 10 万人无家可归。262 所学校和 73 个医疗设施（包括医院、诊所和救护车）也遇到了袭击。当然，发电厂、污水处理厂和自来水厂也在袭击范围内。以色列方面有 71 人死亡，其中 67 人是士兵，还有 469 名以色列士兵和 261 名以色列平民受伤。关于这次袭击有大量报道和记录，但我说这些只是为了粗略地说明，双方的损失有多么不对等，多么不平衡。

　　以色列人轰炸了我的学校，也就是加沙伊斯兰大学的行政楼。英语系完全被夷为平地。我的教授们的书架上的书散落在废墟里。我看到的第一本书就是《诺顿美国文学选读》(The Norton Anthology of American Literature)。当然，非常讽刺的是，我们在加沙和巴勒斯坦这种地方阅读、欣赏、崇拜美国文学和英语文学，我们研究它们，就是很喜欢它们。我们也试图模仿这些文学，正如我们模仿阿拉伯语文学那样。但是突然之间，一枚由美国生产制造的火箭弹或者巨大的炸弹就落了下来，不仅试图杀死我，也试图杀掉我们在课堂上阅读和学习的那些书。对我来说这是很有讽刺意味的。

我在这次事件中失去了两个朋友，阿玛尔和伊扎特，愿真主保佑他们。阿玛尔学的是阿拉伯语文学，嗓音很动人，特别是在他吟唱《古兰经》的时候。阿玛尔人缘很好，而我自己总是很羞涩。但我也有好听的嗓音，有一次当我在吟唱《古兰经》的时候，他走过来悄悄对我说："莫萨布，你是怎么做到的？你能不能再唱一遍？"我告诉他我不知道，这对我来说很自然。我们就是这样成为好朋友的。

最初得知伊扎特的死讯时，我正和一个从西班牙来的外国记者一起工作。我在希法医院给她做翻译，那是加沙最大的医院。一个朋友打电话来跟我说伊扎特在空袭中死了。我问：谁？哪个伊扎特？他说，就是你的朋友伊扎特。我问那个记者我能不能离开一下。我打出租车到拜特拉希耶，往卡迈勒·阿德万医院走，那是加沙北部最主要的医院。我们到了那里之后，我看见了一大堆人。我下了车，见到了我弟弟、伊扎特的父亲，还有一些邻居。他们正把伊扎特一动不动的身体扛在肩上。我努力想要靠近，想离他的身体近一点。然后我们去了清真寺。我们为死者念诵了祈祷文，接着他就被埋葬了。那就是我最后一次见他。我们是同学，都喜欢足球。我们有一次去一个体育用品商店，买了我们最喜欢的球队的球衣，巴塞罗那队的：我买了14号，他买了10号。我们以前会一起去咖啡馆看所有重要比赛。我还记得他告诉我，他最大的梦想就是去西班牙，为巴塞罗那俱乐部踢球。当战争终于结束，我去了他家，表达了我的哀悼。我请伊扎特的父亲带我去看看他的房间，我打开衣柜门，看到了他的巴塞罗那10号球衣，我请求他父亲让我带走它。所以现在两件球衣我都有了。

爱德华·萨义德图书馆的想法是怎么来的？

在停火期间，我和一个朋友一起去了大学，看到了待在废墟里的《诺顿美国文学选读》。我在社交媒体上发了一张我拿着这本被救出来的书的照片，同时发了一张我们家的照片——由于以色列空袭我们邻居家，我们自己家也被毁了一部分。我们家藏书室的墙壁上多了三个洞。朋友们开始给我送书，想要弥补我在自己的小藏书室里失去的那些书。于是我建了一个社交媒体网页："加沙的图书馆和书店"，然后越来越多人都开始给我寄书，直到我家里放下了大约600本书。一些媒体开始采访我，人们开始关注这些事情，所以我成立了一个筹款项目。

为什么项目的名字会选中爱德华·萨义德？

我知道他的观点，读过他的一些文章，但还没有读过他的书。在我本科阶段没有读过。不像马哈茂德·达尔维什——我们所有的学校都会教他的诗，萨义德在加沙并不是很有名。我不想一概而论，但我的印象是，在加沙，以及巴勒斯坦的被占领土上，很多巴勒斯坦人都还没有充分认识到萨义德的重要性。也许是因为他的政治观点，也许是因为他公开抨击《奥斯陆协议》，还有他对亚西尔·阿拉法特[1]

1　亚西尔·阿拉法特（1929—2004），巴勒斯坦民族解放运动的领导者之一，1993年与以色列签署了《奥斯陆协议》，并因此获得了1994年的诺贝尔和平奖。（编者注）

这个人本身的看法。巴勒斯坦和阿拉伯世界的政治系统里有很多都轻视萨义德。而这意味着普通人完全应该去了解萨义德的思想。

以萨义德的名字命名这个图书馆，我想我这么做，不是致敬萨义德，而是在致敬这个图书馆，因为萨义德显然配得上比这更大的荣耀。但正是因为这个图书馆，很多人开始搜索、了解萨义德，他们这才意识到自己遗漏了多么重要的一位作家。

继续跟我说说这个图书馆和它是怎么发展起来的吧。

最开始我把收藏的书放在房间里。然后我在社交媒体上建了一个网页，让更多人知道这件事。当我已经收集了600本书的时候，半岛电视台英语频道发表了一篇关于我和这个图书馆的文章。美国诗人卡莎·波利特联系了我，她对图书馆帮助很大。我开始了筹款项目。我问卡莎她能不能给《国家》（*The Nation*）杂志写篇关于这个图书馆的文章，她写了。于是越来越多的人知道了这个项目。

当然，和加沙有关的一切都会成为问题——我必须弄清楚到底该怎么把我们筹集到的资金转进来，因为如果我把钱汇到我个人账户的话会很可疑。我没法给图书馆弄到一个许可证，因为巴勒斯坦政府和加沙的哈马斯政府之间存在着冲突。约旦河西岸政府能够发放许可证，这样一来我们就能给图书馆开一个银行账户了，然而我们没办法联系西岸的政府。这种问题很常见。因此我必须和现存的加沙青年组织合作。最终我们找到了中东儿童联盟，是通过萨义德的遗孀玛丽安·萨义德找到的，结果很顺利。玛丽安很兴奋，给我们提供了很大的支持，他们的女儿娜吉拉以及萨义德其他的家人也一样。

能不能请你介绍一下图书馆会办哪些活动？

它实际上就像一个文化中心。我们举办的活动不仅仅围绕书本、阅读和写作，还包括很多支持年轻人的计划，涉及音乐、戏剧、绘画等方方面面。文学社团也会在这里聚会，还有面向家长以及社区居民的讲座和课程（包括计算机培训课程）。比如说，我们有关于新冠肺炎疫情预防措施的工作坊，还有针对心理健康的工作坊。在某些课程里，教师会给孩子们读一段故事，试图从中辨认他们的心理创伤，然后教师就可以寻找精神上或心理咨询方面的治疗方法。图书馆远远不只是图书馆——加沙有两百万居民，各方面的资源却很匮乏。我生在一个难民营里，以前从没见过任何一座图书馆，第一次见到是我长大后看见的联合国近东救济工程处（UNRWA）办的图书馆。

我们知道加沙有很大的问题。在这里我不想去看那些数据和深奥的分析，我只想知道你对几个关键问题是怎么看的。可不可以讲讲，在加沙，水对你们来说意味着什么。

我们一开始是喝没法喝的水，加沙人每天都只能喝这种无法直接饮用的水。下雨之后，街上到处都是积水，因为城市里没有有效的排水系统。难民营里尤其如此，雨水会直接侵入难民营里的居民家中。

当我想到水，我就会想起大海。海是我见过的最美的东西之一。但与此同时，海也和一些血腥的记忆有关。我有两段这样的记忆。2006年，以色列军舰向拜特拉希耶海滩的居民发射导弹，有一家人几乎全家都被炸死了，我当时就住在那附近。那家人里唯一的幸存者是一个小女孩，她叫胡达·哈利娅，我记得她当时应该是十二岁或者十三岁。那家人没有坐在一起吃西瓜、喝茶，在海滩上跳舞、骑马、跑来跑去，而是走向了——不是在出游或旅行中——死亡。我记得这个女孩，她一直在责怪自己，因为她是那天唯一一个坚持要让她家人一起去海滩的人。她因此责怪自己："我是他们的死因，我把他们都害死了。"另一个事件发生在2014年，贝克尔家的四个孩子在沙滩踢足球的时候死了。我想那个足球是那场比赛的唯一幸存者。

我还会想到断电时我们家屋顶上空空的水箱。然后你就会有好几天没有水用，洗手洗脸的时候只能往自己身上倒瓶子里的水，洗盘子的时候就要把一个水池灌满水，在另一个水池里洗干净。非常原始的生活。

然后是雨水啪嗒啪嗒打在难民营的铁皮屋顶和墙壁上的声音。那有时是种很好的体验，雨声让你知道下雨了。但是对于生活在这些屋子里的人来说，这种噪音根本不会停止，所有人都无法入睡。如果屋顶上有一点点小洞，那么所有人都不得不远离那个滴水的地方，把水桶拿出来接水。

还有电，就像你提到的，你们经常停电。

我们被剥夺了用电的权利。每次停电后又来电的时候，你就能听到人们大喊、尖叫、鼓掌，仿佛大家看到电视里有人在世界杯比赛中进球了一样。我们会把一盏吊灯打开，这样来电的时候就能立刻知道了。如果每天只有四小时有电，而在冬天一般每天只有两小时，那你会用这两小时来干什么呢？你会不会用来给手机或笔记本电脑充电——如果你有手机和笔记本电脑的话——或者会不会用来洗衣服？你会不会看电视，或者只是在夜里凝视镜子里的自己？那么那些需要电来拯救生命的人又会怎么样？医院，透析设备，那些患癌的病人，呼吸机，还有工厂、商店。你永远会去计算你能买多少食物，因为如果通电时间表变化，你可能会损失很多食物。你不得不在考虑每件事的时候都考虑到用电问题。

加沙人的平均年龄很年轻。之前你说到，你会请你父亲跟你讲祖父的故事，并且讲到这些故事对你来说很重要。但是在加沙，还保存加沙之外生活记忆的人越来越少了。我不知道你能不能谈谈这些。

不幸的是，这不仅仅是有关我们祖父母的记忆，属于他们的记忆也正在消亡，而这些记忆正是我们需要倾听、记住，并把它们传递给我们的后代的。但想到我们这一代人，想到我们的记忆，想到有人要求我们或期待我们把在加沙经历的事情讲述出来，我也会感到悲伤。我指的是，比如说，2021年、2014年、2009年或2008年的事情，那些所有针对加沙的屠杀和袭击。也许我们的孙辈不会问我们有关雅法、阿卡和海法的事。不，他们会问我们2014年的战争。"你遭遇了什么？你当时吃什么？你的哪些朋友受伤了？你是不是离开了老家？后来去了哪里？"

这是一种持久的流亡、疏离、驱逐和种族清洗的过程。我们的祖父母被赶出他们的家宅和城市，他们留下的任何一点点痕迹都被其他东西抹除和替代了，而这种东西现在被称作"以色列"。而我们——他们的后代，也被剥夺了想象和思考那些地方的权利——不，相反，我们被迫生活在自己眼下这种生活的噩梦里。而他们还在给我们制造更多苦难，一次次伤害我们，让我们在面对新鲜的伤口时忘记从前的伤口。以色列人在不断攻击我们的同时，也在进一步试图清除我们关于往昔的记忆。所以这个过程的目的就是不断消耗乃至穷尽。

是的，他们想穷尽巴勒斯坦人的抵抗能力："sumud"，坚韧不拔的精神。

为什么我们要证明我们的顽强？是因为我们认为自己应该保持顽强，还是因为我们不想要别人认为我们脆弱？是不是因为我们相信我们正在经历的事情不会永远持续下去，而且我们经历的事情和其他人的经历也很相似？我不清楚。有时我觉得我会永远被困在加沙，即便在第一次暂时离开加沙之后。

你受哈佛大学SAR（"面临危险的学者"中心）邀请做访问学者，但你是在新冠病毒大流行前几个月才到的，因为在加沙耽搁了很久。我想我们可能需要另一个访谈来详细谈谈离开加沙又返回加沙对

你来说意味着什么。无须多言，每一趟旅程都需要花好几个月时间去等待和准备，甚至经常需要在不同国家完成这些准备，需要花费大量金钱和精力，而且不确定到底会不会得到旅行"许可"。

这些是我们不断需要承受的集体性惩罚的各种形式，我们在大多数基本权利方面都要接受惩罚：喝水、自由地迁移、和家人团聚、获得医疗保障等。

当你终于来到美国之后，你的第一印象怎么样？

那是我第一次坐飞机，在我二十六岁的时候。一开始，我需要坐出租车和公交从加沙去开罗，然后从开罗坐飞机到阿曼。我妻子和两个孩子——四岁的亚赞、三岁的雅法（那时我们还没有第三个孩子）可以从加沙经以色列前往阿曼。当然，对他们三个来说，这趟旅程也很不容易。在阿曼，我们为我们的签证等了五十天。然后我们从阿曼去了波士顿。

那时我们很担心，害怕机场的美国工作人员会让我们回国，一个黎巴嫩来的巴勒斯坦学生在去哈佛读大一的时候就遇到过这种事情。他们浏览了他的社交媒体，看到他的几个朋友发布了被他们认为是"反美"的信息，于是就把他遣返了。尽管哈佛干预了这件事，他还是需要先回国然后再来美国。当然，如果我们被遣返，我们就无处可去了，因为我们的约旦签证也已经过期了。

当我们的护照在入境的时候被盖上章，我热泪盈眶，我想那是因为终于松了一口气。

我记得到美国之后的第一件事，就是坐在一辆高速行驶的车上经过高速公路，我意识到我看到的并不是被毁坏的房屋的废墟。过了一阵，当我们经历过一些短途旅行之后，我惊讶于这个国家有多巨大——开阔的旷野，还有许多树和河流。这里的世界是广大的，它能够接纳你，给你提供容身之地，甚至还可以很舒适。在加沙，你会把世界想象成一个很狭小的地方，而且不知道下一分钟你会遭遇从哪里冒出来的什么灾难。

有一些人非常急切地想知道你、你的生活、萨义德图书馆等，对你来说一定很奇怪吧。

我遇到的每个人都非常急切地想听我讲话,听我讲我在加沙的经历,讲那边的生活到底是怎样的。在加沙,没有多少人对我的图书馆项目感兴趣,因为政治上的分歧,或者因为当局还没意识到图书馆有多重要。我非常看重我在美国感受到的这些支持。

当然,身在如此遥远的异乡,又听到关于加沙遭到袭击的事情,我会非常担心我的家人,担心到没法睡觉的地步。我会给我哥哥发信息,请他打开摄像头,我想看到他们的面孔,看到他们依然活着。

在哈佛度过了一年之后,我去了锡拉丘兹大学的创意写作项目,然后我们全家都搬到了那边。但因为疫情,课程都是在线上完成的,所以我们都觉得非常孤立,于是我们决定回到加沙,读完第二个学期。

离开加沙又再次回到那里,你对此有什么感觉?

我觉得在美国生活、写作的经历能够帮助我更清晰地认识身在加沙的自己。即使我的身体离开了加沙，我的灵魂还待在那里。我在美国期间写了一首阿拉伯语诗，我请求风好好照看我的影子，我留在加沙街道上的影子。我请求汽车不要碾压我的影子。我的目光移到了美国，从远处望着加沙，我可以看到更完整的图景。比如《伤口》，这首写在美国的诗讲述了我自己受伤的经历，我不确定我是否能在加沙写出这样的诗。我能够看到那整个经历，就像重播一样。我是观众的一员，而加沙则出现在屏幕上。我能够像看电影一样看自己的人生。最主要的是，身在异国的经历让我能够更清晰地观看我自己和我的同胞。现在，当我待在加沙，我几乎像是记者一样去写作。

在美国，我能去写当我早上出门走在路上，一棵树弯下腰来从我的杯子里喝水，我能够去写一只松鼠从我留在走廊上的玻璃杯里抿水喝。但当我置身于加沙，我只能想到不间断的无人机的声响、F-16 的响声，还有散落着尸体与弹片的海岸。

总体上看，我在美国的生活很好。我很惊讶于有那么多人关心巴勒斯坦和加沙，因为我不认为会是这样。但作为一个巴勒斯坦人，特别是一个从加沙来的巴勒斯坦人，我有时也会感到不安。当我必须询问我能否从埃及或约旦回到加沙时，我却不知道在美国我能去什么大使馆。不管我在哪里——在加沙，在巴勒斯坦（如果我能顺利回到那里的话），或者在美国——我都始终是一个没有国家的人。

作者简介

莫萨布·阿布·托哈，巴勒斯坦诗人、学者和图书管理员，他生于加沙并在那里成长。他大学主修英语语言教学和英语文学，2016—2019年在加沙的近东救济工程处学校里教授英语。他是爱德华·萨义德图书馆的创办人，而这也是加沙的第一个英语藏书图书馆。

2019—2020年，阿布·托哈在哈佛大学比较文学系担任访问诗人，同时在哈佛神学院担任宗教、冲突与和平倡议研究员。2020年，阿布·托哈在宾夕法尼亚大学、天普大学和亚利桑那大学进行讲座和朗读。他还曾在2020年1月于费城举办的美国图书馆协会冬季会议上发表演讲。2021年10月，圣母大学主办的"摧毁、流亡与抵抗的文学"系列讲座邀请阿布·托哈围绕他的诗歌和他在加沙的工作发表演讲。

阿布·托哈是阿罗史密斯出版社（Arrowsmith Press）的专栏作家。他在加沙写作的作品发表于《国家》（*The Nation*）杂志、阿罗史密斯出版社的出版物以及"文学中心"（Literary Hub）网站上。他的诗见于诗歌基金会（Poetry Foundation）网站，以及《诗歌杂志》（*Poetry Magazine*）、《班尼帕尔》（*Banipal*）、《至点》（*Solstice*）、《马克兹评论》（*The Markaz Review*）《新阿拉伯》（*The New Arab*）、《边缘地带》（*Peripheries*）等刊物。

诗集中一部分诗曾在下列刊物发表：

《把童年留在身后》《我的祖父是恐怖分子》《来自地下的声音》《易卜拉欣·阿布·卢戈德和雅法的兄弟》《沙漠与流亡》《致马哈茂德·达尔维什》《致格桑·卡纳法尼》《萨义德、乔姆斯基和阿多诺在加沙》曾发表于《班尼帕尔》；《我的祖父和家》《你会在我耳内发现的声音》曾发表于《诗歌杂志》；《在战时：你和屋子》《从那以后，我的城市》《水的沉默》曾发表于《边缘地带》；《永远无家可归》曾发表于《国家》杂志，《玫瑰朝上》曾发表于《马克兹评论》。

译后记

　　翻译这本书，使我第一次有了珍贵的机会，在精神上接近一位境遇与我截然不同、长期生活于当今世界最动荡不安地带的同代人。翻译过程中，我不得不在社交媒体上求助诗人本人，问他使人悲伤的问题：某一首诗里死去的"brother"究竟是哥哥还是弟弟。

　　莫萨布·阿布·托哈和我差不多年纪，准确来说还比我小一岁：他生于1992年。然而他的生命历程已经多么厚。原本貌似遥远、抽象的巴以冲突，在阿布·托哈的诗中骤然迫近。我最早了解到巴勒斯坦的重要意义，是因为十几岁时读到张承志对日本赤军活动的讲述。多年之后，尽管表面上这种革命对许多年轻人来说已不再有吸引力，但我发现他们奋斗的意义实际上并没有离我们远去。不久前在美国哥伦比亚大学不是发生了众多学生支持巴勒斯坦、反以色列的风潮吗？阿布·托哈诗句勾连起这些印象与记忆，和我数年前阅读爱德华·萨义德著作的记忆一起，重新激活了我对于巴勒斯坦问题的关心和思考。

虽然诗人目前已经离开加沙在美国生活，但他的精神和意识仍然徘徊在故乡加沙，他人生前三十年都在那里度过。与马哈茂德·达尔维什有所不同，对于出生、成长在难民营里的阿布·托哈而言，他的整个成长阶段都笼罩着对于战争和死亡的切身恐惧。一个个伤亡场景引发的惊骇和亲友丧生带来的创伤深刻塑造了他的写作。他本人曾在2008年受伤住院（他在《伤口》这首诗里记叙过的），后来经历了2014年持续51天的袭击以及2021年5月、2022年8月的袭击。诗集中大多数诗作，都记录了诗人亲身经历的而非听闻的战争。

阿布·托哈不仅在世界上常常体验到国族身份不被人承认的飘摇无根之感，更因为生存空间的促狭而发出了"就连墓地也不再欢迎我们"的感叹（他在最新一次访谈中如此表示）——在他得知就连巴勒斯坦人墓地也会被以色列人摧毁的时候。他的写作——充满无人机、战斗机、直升机的嗡响以及炸弹降落的恐怖喧嚣——是离我们的时代最近的、最令人窒息的见证文学的代表。

诗人去国离乡之后的这一年时间里，加沙地带新一轮暴力杀戮仍在持续。所有这些事件，都能轻易在网上读到、在电视里听到，我无须赘述。但这些频密的报道，是否也给我们带来了因为"习惯"而濒于神经麻木的危险？读阿布·托哈的诗时，无数新闻报道中层层叠叠的伤亡数字，忽然在我们眼前变回鲜活的生命、流血和痛苦，让我们记起，某些事件愈是一再发生，我们就愈是应该拒绝"习惯"。

在很长时间里，除了达尔维什，中国大陆对于当代巴勒斯坦诗歌的译介并不多。1975年人民文学出版社曾出版过一本薄薄的《巴勒斯坦战斗诗集》，共振于1973年10月的中东战争，内容是巴勒斯坦人民抗击侵略的战斗生活诗篇，风格较为单一，入选诗人和作品数量十分有限。此外还能在中文刊物和网络上读到对于法德娃·图甘、萨米赫·卡西姆等诗人作品的零星翻译。

现在，我们看到了真正同步于今天这个时代的阿布·托哈，他展现了一种不同于达尔维什的巴勒斯坦抵抗诗歌。比较起来，达尔维什在创作生涯大部分时期得以保持一种更有疏离感的旁观视角和回忆的姿态，他笔下的抒情主体和抒情对象往往具有象征性和集体性，他的诗经常使用许多有文化原型意味、乡愁情绪的意象来书写"祖国的挽歌"；而阿布·托哈诗句的呼吸更为急促、更具有身体感，这些诗高度熔炼了西方现代主义诗歌技艺，善于使用个人化的语调和充满断裂、空白的手法，主要不是通过思想和议论，而是通过极为简单的词汇和迅疾分行的短句，描绘一个个极有现场感的情境，在快速的叙事或激烈的呼告中传递强烈的气氛与情感。

在写个人的生命经验之外，阿布·托哈也多次在诗中向萨义德、乔姆斯基、格桑·卡纳法尼等学者和作家致敬；《墙与钟》这首诗也与萨米赫·卡西姆的诗《墙上的钟》发生了对话。诗人对这些作者的指涉也许显得略有些仓促、简单，却也因此展现了某种如结实线绳一般将不同个体连接起来的粗粝的精神纹理，这种因为巴勒斯坦事业而缔结的精神联系，已成为这位年轻诗人在孤独中想要第一时间转向的驰援与共在：正因为无家可归和格格不入，他们才能无比紧密地形成一个共同体，无形中彰显着巴勒斯坦人民的"sumud"（坚韧不拔）品格。

除了以想象自己死后被亲友环绕的场景为结尾的长诗《伤口》，那些更为简短有力的诗，比如《剧烈运动》《在加沙的海岸》，也同样令我极为震撼。"努力活着度过/接下来的一天，就意味着/从死者中回到人间"；"/我会搜集贝壳和卵石，在沙滩上/为我们建造一座房子，等你到来。/你不知道在你来之前/我已经建造过多少房子。/也许到那天，我已经重建了整个加沙。"这类句子，或许会给时时感到审美倦怠的当代诗歌读者带来情感上的猛烈一击。对于我们大部分人而言，日常生活的诸多忧患固然迫切甚至沉重，但又如何能够以之真正度量和共鸣作为"被迫害者的受害者"（犹太复国主义者的受害者）的加沙民众之苦难？

我们在诗歌和文学中感受或想象出离日常生活的痛苦，最终是为了朝向痛苦的减少和终结，即便这是一个难以企及的理想。正是在阿布·托哈的诗歌中，我看到，文学并不只是如许多文学理论家所定义的那样，是某种"对于现实矛盾的想象性解决"，而是同样蕴含着极具现实性的疗愈、联结与呼吁功能。

让我印象深刻的是，阿布·托哈在访谈中谈到，他在读西方经典诗歌时意识到某种对于正常、宁静生活的渴求，并且也因为在自己身边发现西方诗人写到过的那些美好事物（如一颗柠檬）而倍感安慰，因为他觉得，尽管置身于难民营和满目疮痍的世界，但自己"就生活在莎士比亚、华兹华斯、柯勒律治等作家生活过的那个地球上"。这段表述，解释了阿布·托哈的诗让我感到格外亲近的重要原因：他没有因为战争和抵抗的主题而抛弃或贬低对于日常生活、对于恒久不变之物的钟爱；他不会通过贬低某种主题而抬高自己对于苦难的诚恳的书写。这将他与某些借助特定社会议题来贩卖自己的诗人鲜明区分了开来。在今天，如果一个诗人仅仅是去写柠檬、大海、云朵这样的事物，有可能被批判为陈腐、固化，但我们也应该明白，陈腐的情调并非来自这些意象本身，而是取决于我们在诗歌中观看和描绘它们的方式。阿布·托哈向我展示了一个加沙青年写作者的独特的观看方式——这些看似"普通""正常""自然"的诗意事物，在许多人的生命里，恰恰显得多么稀薄而奢侈。

伴随着这本书的出版，我想，对于当代中国读者特别是年轻读者而言，莫萨布·阿布·托哈将成为达尔维什之外又一位不容越过的巴勒斯坦诗人；而我期待着，伴随着他的诗句，曾在半个世纪前如磁极般吸引着全世界激进浪潮和正义事业的巴勒斯坦，也将又一次浮出我们所仅有的这个不再想象革命的年代，回到更多中国知识者和普通民众的视野之中。

2024 年 11 月
昆山市玉山镇

玫瑰朝上

[巴勒斯坦] 莫萨布·阿布·托哈 著

李琬 译

THINGS YOU MAY FIND
HIDDEN IN MY EAR

by Mosab Abu Toha

图书在版编目 (CIP) 数据

玫瑰朝上 / (巴勒) 莫萨布·阿布·托哈著;李琬
译 . -- 北京 : 北京联合出版公司 , 2025. 5 (2025.7 重印) .
-- ISBN 978-7-5596-8261-1

I . I381.25

中国国家版本馆 CIP 数据核字第 20255DJ597 号

出 品 人	赵红仕
选题策划	联合天际 · 文艺生活工作室
责任编辑	李艳芬
特约编辑	李芳铃
美术编辑	梁全新
封面设计	马仕睿 @typo_d　杨瑞霖

出　　版	北京联合出版公司
	北京市西城区德外大街 83 号楼 9 层　100088
发　　行	未读 (天津) 文化传媒有限公司
印　　刷	北京联兴盛业印刷股份有限公司
经　　销	新华书店
字　　数	80 千字
开　　本	787 毫米 × 1092 毫米　1/32　5.75 印张　0.25 彩插
版　　次	2025 年 5 月第 1 版　2025 年 7 月第 2 次印刷
I S B N	978-7-5596-8261-1
定　　价	58.00 元

关注未读好书

客服咨询